卞尺丹几乙し丹卞と
Translated Language Learning

Alices Abenteuer im Wunderland

Aliceine Dogodivščine v Čudežni Deželi

Lewis Carroll

Deutsch / Slovenščina

Alice fing an, sehr müde zu werden
Alice se je začela zelo utruditi
Sie saß neben ihrer Schwester auf der Grasbank
sedela je poleg sestre na travnatem bregu
aber sie hatte nichts zu tun
vendar ni imela ničesar opraviti
Ihre Schwester las ein Buch
njena sestra je brala knjigo
Ein- oder zweimal schaute Alice in das Buch
enkrat ali dvakrat je Alice pokukala v knjigo
aber das Buch enthielt keine Bilder oder Gespräche
Toda v knjigi ni bilo slik ali pogovorov
"Was nützt ein Buch ohne Bilder?", dachte Alice
»Kakšna korist ima knjiga brez slik?« je pomislila Alice
"Warum sollte ein Buch keine Gespräche führen?"
"Zakaj knjiga ne bi imela pogovorov?"
Aber sie hatte noch andere Dinge zu bedenken
vendar je morala razmisliti o drugih stvareh

"Es wäre ein Vergnügen, eine Kette aus Gänseblümchen zu machen"
"Izdelava verige marjetic bi bila užitek"
"Aber lohnt es sich, aufzustehen und die Gänseblümchen zu pflücken??"
"Toda ali je vredno truda, da vstaneš in pobereš marjetice??"
Das war nicht so leicht zu denken
O tem ni bilo tako enostavno razmišljati
weil sie sich an diesem Tag schläfrig und dumm fühlte
ker se je zaradi dneva počutila zaspano in neumno
aber plötzlich wurden ihre Gedanken unterbrochen
toda nenadoma so bile njene misli prekinjene
ein weißes Kaninchen mit rosa Augen lief dicht an ihr vorbei
Beli zajec z rožnatimi očmi je tekel blizu nje

Es war nichts übermäßig Bemerkenswertes an dem Kaninchen
Pri zajcu ni bilo nič preveč izjemnega
und Alice fand das Kaninchen auch nicht bemerkenswert
in tudi Alice se zajcu ni zdel izjemen

auch überraschte es sie nicht, als das Kaninchen sprach
niti je ni presenetilo, ko je Zajec spregovoril
»O je! Ich werde zu spät kommen!« sagte er zu sich selbst
»O dragi! Prepozno bom!« je rekel sam sebi
aber dann tat das Kaninchen etwas, was Kaninchen nicht tun
potem pa je zajec naredil nekaj, česar zajci niso storili
das Kaninchen zog eine Uhr aus der Westentasche
Zajec je iz žepa telovnika vzel uro
Er schaute auf die Uhr und eilte dann weiter
Pogledal je čas in nato pohitel naprej
Alice erhob sich erstaunt
Alice se je začudeno postavila na noge
Sie hatte noch nie zuvor ein Kaninchen mit Weste gesehen!
še nikoli prej ni videla zajca z telovnikom!
noch hatte sie je ein Kaninchen mit einer Uhr gesehen!
niti nikoli ni videla zajca z uro!
Alice brannte vor neuer Neugierde
Alice je gorela od nove radovednosti
und sie rannte über das Feld hinter dem Kaninchen her
in tekla je čez polje za Zajcem
Sie kam gerade noch rechtzeitig, um das Kaninchen verschwinden zu sehen
bila je ravno pravočasno, da je videla, kako zajec izgine
Das Kaninchen hüpfte in einen großen Kaninchenbau hinab
zajec je skočil v veliko zajčjo luknjo
Im nächsten Augenblick stürzte Alice hinter dem Kaninchen her!
V drugem trenutku je Alice šla za zajcem!
Der Kaninchenbau ging geradeaus wie ein Tunnel
Zajčja luknja je šla naravnost kot predor
und der Tunnel ging noch eine Weile weiter
in predor je šel še nekaj časa
und dann senkte sich der Weg plötzlich hinunter
in potem se je pot nenadoma spustila navzdol
Alice hatte keinen Augenblick, daran zu denken, ob sie sich zurückhalten sollte

Alice ni imela niti trenutka, da bi pomislila, da bi se ustavila
Sie fiel hin und hinunter und hinunter
Ugotovila je, da je padala navzdol in dol in navzdol
Es schien, als sei sie in einen sehr tiefen Brunnen gefallen
zdelo se je, kot da je padla v zelo globok vodnjak
Entweder war der Brunnen sehr tief, oder sie fiel sehr langsam
Ali je bil vodnjak zelo globok ali pa je padla zelo počasi
denn sie hatte viel Zeit zum Fallen
ker je imela dovolj časa za padec
Als sie fiel, konnte sie sich umsehen
ko je padala, se je lahko ozirala okoli sebe
Zuerst versuchte sie herauszufinden, wohin sie ging
Najprej je poskušala ugotoviti, kam gre
aber der Brunnen war zu dunkel, um etwas zu sehen
toda vodnjak je bil pretemen, da bi karkoli videl
Dann blickte sie auf die Seiten des Brunnens
nato je pogledala stranice vodnjaka
Und sie bemerkte, dass überall um sie herum Schränke standen
in opazila je, da so povsod okoli nje omare
und rings um den Brunnen waren Bücherregale
in povsod okoli vodnjaka so bile police s knjigami
Hier und da sah sie Karten und Bilder, die an Pflöcken hingen
Tu in tam je videla zemljevide in slike, obešene na kljukicah
Im Vorbeigehen nahm sie ein Glas aus einem der Regale
Ko je šla mimo, je z ene od polic vzela kozarec
Das Glas wurde für seinen Inhalt gekennzeichnet
kozarec je bil označen zaradi svoje vsebine
"MARMELADE AUS ORANGEN"
"MARMELADA IZ POMARANČ"
Aber zu ihrer großen Enttäuschung war das Marmeladenglas leer
toda na njeno veliko razočaranje je bil kozarec marmelade prazen
Sie wollte das leere Marmeladenglas nicht fallen lassen

ni hotela spustiti praznega kozarca marmelade
und ihr Fall war sehr langsam
in njen padec je bil zelo počasen
So schaffte sie es, das Marmeladenglas in einen der Schränke zu stellen
Tako ji je uspelo dati kozarec marmelade v eno od omaric
Nieder, hinunter, hinunter fiel sie!
Dol, dol, dol pade!
Würde der Fall jemals ein Ende haben?
Se bo padec kdaj končal?
Es gab nichts anderes zu tun
Ničesar drugega ni bilo mogoče storiti
so fing Alice bald an, mit sich selbst zu reden
zato se je Alice kmalu začela pogovarjati sama s seboj
»Dinah wird mich heute abend sehr vermissen, sollte ich meinen!«
"Mislim, da me bo Dinah nocoj zelo pogrešala!"
Dinah war Alices Katze
Dinah je bila Alicina mačka
»Ich hoffe, sie werden sich an ihre Untertasse mit Milch zur Teezeit erinnern.«
"Upam, da se bodo spomnili njenega krožnika z mlekom v času čaja"
»Dinah, meine Liebe, ich wünschte, du wärst hier unten bei mir!«
"Dinah, draga moja, želim si, da bi bila tukaj z mano!"
Alice fühlte, als würde sie einschlafen
Alice je čutila, da zadrema
Und dann plötzlich, dumpf! Bums!
In potem nenadoma udarec! Udarec!
Sie fiel auf einen Haufen Stöcke
navzdol je padla na kup palic
und sie landete auf einem Haufen trockener Blätter
in pristala je na kupu suhega listja
Und endlich war der lange Sturz in das Loch vorbei
in končno je bil dolg padec v luknjo končan
Alice war kein bisschen verletzt

Alice ni bila niti malo poškodovana
und sie sprang in einem Augenblick auf
in v trenutku je skočila
Sie blickte auf, aber es war alles dunkel über ihr
Pogledala je navzgor, vendar je bilo nad glavo vse temno
Vor ihr lag ein weiterer langer Korridor
Pred njo je bil še en dolg hodnik
und das weiße Kaninchen war noch in Sicht
in Beli zajec je bil še vedno na vidiku
Er eilte den Korridor hinunter
hitel je po hodniku
Es war kein Augenblick zu verlieren
Ni bilo trenutka, ki bi ga bilo treba izgubiti
davonlief Alice wie der Wind
Alice je tekla kot veter
um die Ecke drehte sich das Kaninchen
Za vogalom se je obrnil zajec
Sie kam gerade noch rechtzeitig, um das Kaninchen zu hören
bila je ravno pravočasno, da sliši zajca
"Oh, meine Ohren und Schnurrhaare"
"Oh, moja ušesa in brki"
"Wie spät es wird!"
"Kako pozno je!"
Sie war dicht hinter dem Kaninchen
Bila je tik za zajcem
Sie bog um eine weitere Ecke
Obrnila se je za drug vogal
aber das Kaninchen war nicht mehr zu sehen
toda zajca ni bilo več mogoče videti
Sie befand sich in einer langen, niedrigen Halle
Znašla se je v dolgi, nizki dvorani
Der Saal wurde von einer Reihe von Deckenlampen erleuchtet
Dvorana je bila osvetljena z vrsto stropnih svetilk
Überall im Saal gab es Türen
Vrata so bila povsod po hodniku

aber alle Türen waren verschlossen
Toda vsa vrata so bila zaklenjena
Sie ging den ganzen Weg an der einen Seite des Flurs hinunter
Sprehodila se je po eni strani hodnika
Und sie war den ganzen Weg auf der anderen Seite des Flurs hinaufgegegangen
in hodila je vso pot navzgor na drugo stran hodnika
Sie hatte jede Tür ausprobiert
poskusila je vsa vrata
Und sie ging traurig in der Mitte des Saales entlang
in žalostno je hodila po sredini hodnika
"Wie komme ich da mal wieder raus?"
"Kako bom še kdaj prišel ven?"

Plötzlich stieß sie auf einen kleinen Tisch
Nenadoma je prišla na majhno mizico
Der Tisch wurde komplett aus massivem Glas gefertigt
miza je bila v celoti izdelana iz masivnega stekla

Auf dem Tisch lag nichts als ein winziger goldener Schlüssel
Na mizi ni bilo ničesar drugega kot majhen zlati ključ
Der Schlüssel könnte zu einer der Türen gehören!
Ključ bi lahko pripadal enim od vrat!
Aber ach! Einige der Schlösser waren zu groß für die Schlüssel
ampak, žal! Nekatere ključavnice so bile prevelike za ključe
und für die anderen Schlösser war der Schlüssel zu klein
za druge ključavnice pa je bil ključ premajhen
aber auf jeden Fall öffnete der Schlüssel keine der Türen
toda v vsakem primeru ključ ni odprl nobenih vrat
Aber was sollte sie tun?
Toda kaj naj stori?
Sie ging wieder durch den Saal
Spet je šla skozi hodnik
Und diesmal bemerkte sie einen niedrigen Vorhang
in tokrat je opazila nizko zaveso
Hinter dem Vorhang war eine kleine Tür
za zaveso so bila majhna vrata
Die Tür war etwa fünfzehn Zoll hoch
vrata so bila visoka približno petnajst centimetrov
Sie probierte den kleinen goldenen Schlüssel im Schloss au
Poskusila je z majhnim zlatim ključem v ključavnici
Und zu ihrer großen Freude passte der Schlüssel ins Schloss
in na njeno veliko veselje se je ključ prilegal ključavnici!
Alice öffnete die Tür
Alice je odprla vrata
und sie fand, daß die Tür in einen kleinen Korridor führte
in našla je, da vrata vodijo v majhen hodnik
Der Korridor war nicht viel größer als ein Rattenloch
hodnik ni bil veliko večji od podgane luknje
Sie kniete nieder und blickte den Korridor entlang
Pokleknila je in pogledala po hodniku
Und sie sah den schönsten Garten, den du je gesehen hast
in videla je najlepši vrt, ki ste ga kdaj videli
wie sehr sie sich danach sehnte, aus dieser dunklen Halle

herauszukommen
kako je hrepenela po temni dvorani
**wie sie sich wünschte, zwischen diesen leuchtenden Blumen
zu wandern**
Kako se je želela sprehajati med temi svetlimi cvetovi
Wie cool die Erfrischung dieser Brunnen aussah
Kako kul osvežujoče so bile te fontane
**aber sie konnte nicht einmal ihren Kopf durch die Tür
stecken**
vendar ni mogla niti glave spraviti skozi vrata
»Oh,« sagte Alice traurig
»Oh,« je žalostno rekla Alice
**»wie sehr wünschte ich, ich könnte mich zusammenfalten
wie ein Fernrohr!«**
"Kako si želim, da bi se lahko zložil kot teleskop!"
**"Ich glaube, ich könnte mich zusammenfalten wie ein
Teleskop"**
"Mislim, da bi se lahko zložil kot teleskop"
"Wenn ich nur wüsste, wie ich anfangen sollte"
"če bi le vedel, kako začeti"
Alice ging zurück an den Tisch
Alice se je vrnila k mizi
**Es bestand die Möglichkeit, einen weiteren Schlüssel zu
finden**
Obstajala je možnost, da bi našli drug ključ
Oder es gibt ein Buch mit Regeln
ali pa morda obstaja knjiga pravil
**Das Buch könnte ihr sagen, wie man sich wie ein Teleskop
zusammenfaltet**
Knjiga bi ji lahko povedala, kako se zložiti kot teleskop
Diesmal fand sie ein Fläschchen
Tokrat je našla majhno steklenico
"Diese Flasche war gewiß vorher nicht hier," sagte Alice
"Te steklenice zagotovo ni bilo tukaj prej," je dejala Alice
Und um den Flaschenhals war ein Papieretikett gebunden
okoli vratu steklenice pa je bila privezana papirnata nalepka
Das Etikett war wunderschön in großen Buchstaben

gedruckt
Etiketa je bila lepo natisnjena z velikimi črkami
"TRINK MICH"
"PIJ ME"
»Nein, ich werde erst nachsehen«, sagte sie
"Ne, najprej bom pogledala," je rekla
"Ich werde sehen, ob die Flasche als giftig gekennzeichnet ist oder nicht."
"Videl bom, ali je steklenica označena kot strupena ali ne,"
weil sie die Lektion über das Gift nie vergessen hat
ker nikoli ni pozabila lekcije o strupu
"Wenn eine Flasche als giftig gekennzeichnet ist, wird sie Ihnen bestimmt nicht zustimmen"
"Če je steklenica označena kot strupena, se zagotovo ne bo strinjala z vami"
Diese Flasche war jedoch nicht als giftig gekennzeichnet
Vendar ta steklenica ni bila označena kot strupena
so wagte Alice es, den Inhalt der Flasche zu kosten
zato si je Alice drznila okusiti vsebino steklenice
Sie fand die Flüssigkeit ganz nach ihrem Geschmack
Ugotovila je, da ji je tekočina povsem všeč
Das Getränk hatte einen gemischten Geschmack
pijača je imela nekakšen mešan okus
Kirschkuchen, Vanillepudding und Ananas
češnjeva torta, krema in ananas
Gebratener Truthahn, Toffee und Toast mit heißer Butter
pečen puran, karamela in toast z vročim maslom
und bald trank sie die Flasche aus
in kmalu je pojedla steklenico
"Was für ein merkwürdiges Gefühl!" sagte Alice
»Kakšen nenavaden občutek!« je rekla Alice
"Ich klappe mich zusammen wie ein Teleskop!"
"Zložim se kot teleskop!"
Und sie faltete sich tatsächlich zusammen wie ein Teleskop!
In res se je zlagala kot teleskop!
Sie war jetzt nur noch zehn Zentimeter groß
Zdaj je bila visoka le deset centimetrov

und ihr Gesicht erhellte sich bei ihren Gedanken
in obraz se ji je razsvetlil ob mislih
Jetzt hatte sie die richtige Größe für das Türchen
Zdaj je bila prave velikosti za majhna vrata
Jetzt konnte sie in diesen schönen Garten gehen
Zdaj je lahko šla v ta čudovit vrt
Bald hörte sie auf, kleiner zu werden
kmalu se je prenehala zmanjševati
Sie beschloß, sofort in den Garten zu gehen
Odločila se je, da bo takoj šla na vrt
aber wehe der armen Alice!
ampak, žal za ubogo Alice!
Sie kam zur Tür
Prišla je do vrat
Aber sie hatte den kleinen goldenen Schlüssel vergessen
vendar je pozabila majhen zlati ključ
Sie ging zurück zum Tisch, um den Schlüssel zu holen
Vrnila se je k mizi po ključ
aber sie merkte, daß sie nicht hoch genug greifen konnte
vendar je ugotovila, da ne more doseči dovolj visoko
Sie konnte den Schlüssel ganz deutlich durch das Glas sehen
Ključ je lahko jasno videla skozi steklo
Sie versuchte, die Beine des Tisches hinaufzuklettern
Poskušala se je povzpeti po nogah mize
Aber das Glas war viel zu rutschig
Toda steklo je bilo preveč spolzko
Irgendwann erschöpfte sie sich mit dem Versuch
sčasoma se je utrudila od poskusov
Und das arme kleine Mädchen setzte sich hin und weinte
in uboga deklica se je usedla in jokala
Alice sprach ziemlich scharf mit sich selbst
Alice je precej ostro govorila sama s seboj
"Komm, es hat keinen Zweck, so zu weinen!"
»Pridi, nima smisla tako jokati!«
"Ich rate dir, gleich aufzuhören!"
"Svetujem vam, da se takoj ustavite!"

Sie gab sich im Allgemeinen sehr gute Ratschläge
Na splošno si je dala zelo dober nasvet
obwohl sie nur sehr selten ihren eigenen Rat befolgte
čeprav je zelo redko sledila lastnim nasvetom
und sie war manchmal zu streng mit sich selbst
in včasih je bila preveč stroga do sebe
und ihre Worte trieben ihr Tränen in die Augen
in njene besede so ji pripeljale solze v oči
Bald fiel ihr Blick auf einen kleinen Glaskasten
Kmalu je njen pogled padel na majhno stekleno škatlo
Der kleine Glaskasten lag unter dem Tisch
Steklena škatla je ležala pod mizo
In dem Glaskasten befand sich ein sehr kleiner Kuchen
V stekleni škatli je bila zelo majhna torta
Auf dem Kuchen waren einige Worte schön geschrieben
Na torti je bilo nekaj besed lepo napisanih
die Worte waren in Johannisbeeren markiert worden
besede so bile označene z ribezom
"MICH ESSEN"
»JEZ ME«
"Nun, ich werde den Kuchen essen," sagte Alice
»No, pojedla bom torto,« je rekla Alice
**"Und wenn mich der Kuchen größer werden lässt, kann ich
den Schlüssel erreichen"**
"In če me torta poveča, lahko dosežem ključ"
**"Und wenn mich der Kuchen kleiner werden lässt, kann ich
unter die Tür kriechen"**
"In če me torta zmanjša, se lahko priplazim pod vrata"
"Also so oder so komme ich in den Garten"
"Torej bom v vsakem primeru prišel na vrt"
"Und es ist mir egal, was von beidem passiert!"
"In vseeno mi je, kaj se bo zgodilo!"
Sie aß ein wenig von dem Kuchen
Pojedla je malo torte
und sie sprach ängstlich zu sich selbst:
in zaskrbljeno je govorila sama sebi:
"In welche Richtung? In welche Richtung?"

"V katero smer? V katero smer?"
und sie hielt die Hand auf den Kopf
in držala je roko na glavi
Sie wollte spüren, in welche Richtung sie wuchs
želela je čutiti, v katero smer raste
Sie war ganz überrascht, als sie erfuhr, was geschehen war
Bila je precej presenečena, ko je ugotovila, kaj se je zgodilo
Sie war gleich groß geblieben!
ostala je enake velikosti!
Also verdoppelte sie dieses Mal ihre Bemühungen
zato je tokrat podvojila svoja prizadevanja
Und bald war der ganze Kuchen fertig
in kmalu je dokončala celotno torto

Der Pool der Tränen
Bazen solz

"Das wird immer interessanter!" rief Alice

"To postaja vse bolj zanimivo!" je vzkliknila Alice

Man kann sehen, dass sie sehr überrascht war

Vidite, da je bila zelo presenečena

"Ich öffne mich wie das größte Teleskop, das es je gab!"

"Odpiram se kot največji teleskop, kar jih je kdaj bilo!"

»Auf Wiedersehen, Füße! Oh, meine armen kleinen Füße"

»Zbogom, noge! Oh, moje uboge noge"

"Ich frage mich, wer euch jetzt die Schuhe anziehen wird, meine Lieben?"

"Zanima me, kdo vam bo zdaj obul čevlje, dragi?"

»und ich frage mich, wer Ihre Strümpfe anziehen wird?«

"In zanima me, kdo ti bo oblekel nogavice?"

"Ich werde viel zu weit weg sein"

"Bil bom veliko predaleč"

"Ich werde mich nicht mehr um dich kümmern können"

"Ne bom se več mogel ukvarjati s tabo"

In diesem Augenblick schlug ihr Kopf gegen etwas

Ravno v tem trenutku je z glavo udarila v nekaj

Sie hatte das Dach des Saales erreicht

Prišla je do strehe dvorane

Tatsächlich war sie jetzt mehr als zwei Meter groß

pravzaprav je bila zdaj visoka več kot dva metra

und sie ergriff sogleich den kleinen goldenen Schlüssel

in takoj je vzela majhen zlati ključ

und sie eilte zur Gartentür

in pohitela je k vrtnim vratom

Arme Alice! Es gab nicht viel, was sie tun konnte

Uboga Alice! Ni mogla veliko storiti

Sie legte sich auf die Seite

Ležala je na eni strani

Und sie blickte mit einem Auge in den Garten hinein

in z enim očesom je pogledala skozi vrt

Aber durchzukommen war hoffnungsloser denn je

toda priti skozi je bilo bolj brezupno kot kdaj koli prej

Sie setzte sich und fing wieder an zu weinen
Sedla je in spet začela jokati
Sie fuhr fort, literweise Tränen zu vergießen
Še naprej je točila litre solz
Bald war ein großer Pool um sie herum
kmalu je bil okoli nje velik bazen
und das Wasser reichte bis zur Hälfte des Flurs
in voda je segla do polovice hodnika
Nach einer Weile hörte sie ein leises Getrappel von Füßen
Čez nekaj časa je zaslišala rahlo potepanje z nogami
Sie hörte die Füße aus der Ferne kommen
slišala je noge, ki so prihajale od daleč
Und sie trocknete sich hastig die Augen, um zu sehen, was kommen würde
in na hitro si je obrisala oči, da bi videla, kaj prihaja
Es war das weiße Kaninchen, das zurückkehrte
Vračal se je Beli zajec
Er war prächtig gekleidet
Bil je čudovito oblečen
Er hatte ein Paar weiße Handschuhe in der einen Hand
V eni roki je imel par belih rokavic
Und in der anderen Hand hatte er einen großen Federfächer
v drugi roki pa je imel velik pernati ventilator
Er kam in großer Eile dahergetrabt
Prišel je v veliki naglici
und er murmelte vor sich hin: »Ach! die Herzogin, die Herzogin!«
in zamrmljal je sam sebi: »Oh! vojvodinja, vojvodinja!"
»Ach! wird sie nicht wild sein, wenn ich sie habe warten lassen?«
»Oh! ali ne bo divja, če sem jo pustil čakati!"

Als das Kaninchen in ihre Nähe kam, sprach Alice
Ko se ji je zajček približal, je Alice spregovorila
aber sie sprach mit leiser, schüchterner Stimme
vendar je govorila s tihim, plašnim glasom
"Sir, bitte hören Sie für einen Moment auf, was Sie tun"
"Gospod, prosim, za trenutek prenehajte s tem, kar počnete"
Das Kaninchen erschrak heftig
Zajec se je silovito prestrašil
Er ließ die weißen Handschuhe und den Federfächer fallen
Spustil je bele rokavice in pernato pahljačo
und er eilte fort in die Dunkelheit, so schnell er konnte
in odhitel je v temo, kolikor je hitro mogel
Alice hob den Federfächer und die Handschuhe auf
Alice je pobrala pernati ventilator in rokavice
Und sie fächelte sich immer wieder Luft zu, während sie sprach
in še naprej se je navijala, medtem ko je govorila
»Liebes, liebes Kind! Wie seltsam ist das alles heute!"
»Dragi, dragi! Kako čudno je vse danes!"
"Gestern ging es weiter wie bisher"
"Včeraj so se stvari nadaljevale kot običajno"
"War ich heute Morgen noch so, als ich aufgestanden bin?"
"Sem bil enak, ko sem zjutraj vstal?"

"Aber wenn ich nicht mehr derselbe bin, dann ist das eine andere Frage"
"Ampak, če nisem isti, obstaja še eno vprašanje"
"Wer in aller Welt bin ich?"
"Kdo sem na svetu?"
"Ah, das ist das große Rätsel!"
"Ah, to je velika uganka!"
Während sie das sagte, blickte sie auf ihre Hände hinunter
Ko je to rekla, je pogledala navzdol v svoje roke
Sie trug einen der kleinen weißen Handschuhe des Kaninchens
nosila je eno od zajčjih majhnih belih rokavic
Sie hatte nicht bemerkt, dass sie den Handschuh angezogen hatte, während sie sprach
ni opazila, da si je med pogovorom nadela rokavico
"Wie konnte ich das machen?" dachte sie
"Kako sem lahko to storila?" je pomislila
"Ich muss wieder klein werden"
"Spet moram postati majhen"
Sie stand auf und ging zum Tisch, um ihre Größe zu messen
Vstala je in šla k mizi, da bi izmerila svojo višino
Sie stellte fest, dass sie jetzt etwa einen halben Meter groß war
ugotovila je, da je zdaj visoka približno pol metra
und sie schrumpfte immer noch schnell
in še vedno se je hitro krčila
Bald fand sie heraus, was die Ursache für das Schrumpfen war
Kmalu je ugotovila, kaj je vzrok krčenja
Der Federfächer machte sie wieder kleiner!
Oboževalec perja jo je spet zmanjšal!
Und sie ließ hastig den Federfächer fallen
In naglo je spustila pernato pahljačo
Sie ließ den Federfächer gerade noch rechtzeitig fallen, um sich zu retten
Spustila je pernato ventilator ravno pravočasno, da se je rešila
Hätte sie sich noch länger Luft zugefächelt, wäre sie völlig

zusammengeschrumpft
če bi se še naprej napihovala, bi se popolnoma skrčila
»**Das war ein knappes Entkommen!**« sagte Alice
»To je bil las pobeg!« je rekla Alice
und sie erschrak sehr über die plötzliche Veränderung
in bila je precej prestrašena zaradi nenadne spremembe
aber sie war sehr froh, daß sie noch da war
vendar je bila zelo vesela, da je še vedno obstajala
"**Und jetzt ab in den Garten!**"
»In zdaj na vrt!«
Und sie lief mit aller Geschwindigkeit zurück zu der
kleinen Tür
In z vso hitrostjo je tekla nazaj do majhnih vrat
Aber ach! Das Türchen wurde wieder geschlossen
ampak, žal! majhna vrata so bila spet zaprta
Und das goldene Schlüsselchen lag wieder auf dem
Glastisch
in mali zlati ključ je spet ležal na stekleni mizi
"**Es ist schlimmer als je!**" **dachte das arme Kind**
»Stvari so slabše kot kdajkoli prej,« je pomislil ubogi otrok
"**So klein war ich noch nie, niemals!**"
"Nikoli prej nisem bil tako majhen, nikoli!"
Bei diesen Worten rutschte ihr Fuß aus
Ko je izgovorila te besede, ji je noga zdrsnila
Und im nächsten Augenblick gab es ein großes Plätschern!
in v drugem trenutku se je slišal velik pljusk!
Sie stand bis zum Kinn im Salzwasser
Bila je do brade v slani vodi
Ihre erste Idee war, dass sie irgendwie ins Meer gefallen war
Njena prva ideja je bila, da je nekako padla v morje
Sie erkannte jedoch bald, worin sie sich befand
Vendar je kmalu spoznala, v čem je
Sie war in einer Tränenlache
Bila je v solzah
die Tränen, die sie geweint hatte, als sie zwei Meter groß
war
solze, ki jih je jokala, ko je bila visoka dva metra

In diesem Augenblick hörte sie etwas
Ravno takrat je nekaj zaslišala
Etwas plätscherte im Pool herum
nekaj je pljuskalo v bazenu
Das Plätschern kam aus einiger Entfernung
pljuskanje je prišlo od daleč stran
und sie schwamm näher, um zu sehen, was das Plätschern war
in priplavala je bližje, da bi videla, kaj je pljuskanje
Bald sah sie, dass es nur eine kleine Maus war
Kmalu je videla, da je to le majhna miška
Auch die kleine Maus war ins Wasser geschlüpft
Tudi miška je zdrsnila v vodo
Alice dachte bei sich über die Situation nach
Alice je razmišljala o situaciji
"Würde es etwas nützen, mit dieser Maus zu sprechen?"
"Ali bi bilo koristno, če bi se pogovarjali s to mišjo?"
"Hier unten steht alles auf dem Kopf"
"Tukaj je vse na glavo"

"Ich denke, es ist sehr wahrscheinlich, dass diese Maus sprechen kann."

"Mislim, da zelo verjetno ta miška lahko govori"

"Es schadet jedenfalls nicht, es zu versuchen"

"V vsakem primeru ni nič slabega, če poskušamo"

Also begann sie zu versuchen, mit der Maus zu sprechen

Zato se je začela poskušati pogovarjati z miško

"Oh Maus, kennst du den Weg aus diesem Pool?"

"Oh, miška, ali veš pot iz tega bazena?"

"Ich bin es leid, hier herumzuschwimmen, oh Maus!"

"Zelo sem utrujen od plavanja tukaj, o miš!"

Die Maus schaute sie ziemlich neugierig an

Miška jo je precej radovedno pogledala

Die Maus schien mit einem ihrer kleinen Augen zu blinzeln

Zdelo se je, da je miška pomežikala z enim od svojih majhnih oči

Aber die kleine Maus sagte nichts

toda mala miška ni rekla ničesar

"Vielleicht versteht die Maus kein Englisch!" dachte Alice

"Morda miška ne razume angleško," je pomislila Alice

"Ich wage zu behaupten, es ist eine französische Maus"

"Upam si reči, da je to francoska miška"

"Vielleicht kam diese Maus mit Wilhelm dem Eroberer herüber"

"morda je ta miška prišla z Viljemom Osvajalcem"

Also fing sie wieder an, auf Französisch

Tako je začela znova, v francoščini

"Wo ist meine Katze?", fragte sie auf Französisch

"Kje je moja mačka?" je vprašala v francoščini

es war der erste Satz in ihrem französischen Unterrichtsbuch

to je bil prvi stavek v njenem učnem dnevniku francoščine

Die Maus machte einen plötzlichen Sprung aus dem Wasser

Miška je nenadoma skočila iz vode

Und die Maus schien am ganzen Leibe vor Schreck zu zittern

in zdelo se je, da je miška drhtala od strahu

"Oh, ich bitte um Verzeihung!" rief Alice hastig

»Oh, oprostite!« je naglo vzkliknila Alice

Sie fürchtete, sie habe die Gefühle des armen Tieres verletzt
bala se je, da je prizadela čustva uboge živali

"Ich habe ganz vergessen, dass du keine Katzen magst"
"Povsem sem pozabil, da ne maraš mačk"

**"Ich mag keine Katzen!" rief die Maus mit schriller,
leidenschaftlicher Stimme**
»Ne maram mačk!« je vzkliknila Miška z prodornim, strastnim
glasom

"Hättest du gerne Katzen, wenn du ich wärst?"
"Bi si želel mačke, če bi bil na mojem mestu?"

Alice tröstete die Maus in einem beruhigenden Ton
Alice je tolažila miško s pomirjujočim tonom

**"Naja, vielleicht würde ich an deiner Stelle auch keine
Katzen mögen"**
"No, morda tudi jaz ne bi maral mačk, če bi bil na tvojem
mestu"

"Bitte ärgern Sie sich nicht über die Erwähnung von Katzen"
"Prosim, ne bodite jezni zaradi omembe mačk"

**"Und doch wünschte ich, ich könnte dir unsere Katze Dina
zeigen"**
"In vendar si želim, da bi ti lahko pokazal našo mačko Dinah"

**"Wenn du sie treffen würdest, würdest du wohl Gefallen an
Katzen finden"**
"Če bi jo spoznali, mislim, da bi vam bile všeč mačke"

"Wenn du sie nur sehen könntest"
"Ko bi jo le lahko videli"

"Sie ist so ein liebes, stilles Ding"
"Ona je tako draga, tiha stvar"

Die Maus zitterte am ganzen Körper
Miška se je tresla po vsem telesu

**Alice war sich sicher, dass die Maus wirklich beleidigt sein
musste**
Alice je bila prepričana, da mora biti miška res užaljena

"Wir reden nicht mehr über sie, wenn du lieber nicht willst"
"Ne bova več govorila o njej, če raje ne"

"Wir, allerdings!" rief die Maus

»Mi, res!« je vzkliknila Miška
Die Maus zitterte bis zum Ende ihres Schwanzes
Miška se je tresla do konca repa
»Als ob ich über so ein Thema reden würde!«
"Kot da bi govoril o takšni temi!"
"Unsere Familie hat Katzen schon immer gehasst"
"Naša družina je vedno sovražila mačke"
"Katzen; Gemeine, niedrige, gemeine Dinger!"
"Mačke; grde, nizke, vulgarne stvari!"
"Laß mich den Namen nicht noch einmal hören!"
"Ne dovolite, da slišim več imena!"
"Katzen will ich ja nicht mehr erwähnen!" sagte Alice
»Mačk res ne bom več omenjala!« je rekla Alice
Sie hatte es sehr eilig, das Thema zu wechseln
zelo se ji mudi, da bi spremenila temo
"Bist du... Lieben Sie Hunde?«
"Ali si ... Ali imate radi pse?«
**"Es gibt so einen netten kleinen Hund in der Nähe unseres
Hauses."**
"V bližini naše hiše je tako lep mali pes,"
"Ich möchte dir den kleinen Hund zeigen!"
"Rad bi vam pokazal malega psa!"
"Dieser kleine Hund tötet alle Ratten und...
"Ta mali pes ubije vse podgane in ...
»O je!« rief Alice in traurigem Tone
»Oh, dragi!« je vzkliknila Alice žalostno
»Ich fürchte, ich habe dich schon wieder beleidigt!«
"Bojim se, da sem te spet užalil!"
Die Maus schwamm so schnell sie konnte von ihr weg
Miška je plavala stran od nje tako hitro, kot je bilo mogoče
Und die Maus machte einen ziemlichen Aufruhr im Tümpel
in miška je v bazenu naredila precej razburjenja
Da rief sie leise der Maus nach
Zato je tiho klicala za miško
"Meine liebe Maus, komm bitte zurück!"
"Moja draga miška, prosim, vrni se!"
"Und wir werden nicht über Katzen sprechen"

"In ne bomo govorili o mačkah"
"Und über Hunde müssen wir auch nicht reden"
"In tudi nam ni treba govoriti o psih"
Als die Maus das hörte, drehte sie sich um
Ko je miška to slišala, se je obrnila
Und die kleine Maus schwamm langsam zu ihr zurück
in mala miška je počasi priplavala nazaj k njej
Das Gesicht der Maus war ganz blaß
Mišin obraz je bil precej bled
Und die Maus sprach mit leiser, zitternder Stimme
in miška je govorila s tihim, drhtečim glasom
"Lasst uns ans Ufer gehen"
"Pojdimo na obalo"
"Und dann erzähle ich dir meine Geschichte"
"In potem vam bom povedal svojo zgodovino"
**"Und du wirst verstehen, warum ich Katzen und Hunde
hasse"**
"in razumeli boste, zakaj sovražim mačke in pse"
Es war höchste Zeit zu gehen
Skrajni čas je bil za odhod
weil der Pool ziemlich voll wurde
ker je bazen postajal precej gneča
Andere Vögel und Tiere waren in den Pool gefallen
druge ptice in živali so padle v bazen
es gab eine Ente und einen Dodo
tam sta bila raca in Dodo
und da waren ein Lory-Vogel und ein Adler
in tam je bila ptica Lory in Eaglet
**und es gab noch einige andere interessant aussehende
Kreaturen**
in bilo je še nekaj drugih zanimivih bitij
Alice führte den Weg aus dem Pool
Alice je vodila pot ven iz bazena
und die ganze Gesellschaft der Tiere schwamm ans Ufer
in celotna skupina živali je priplavala do obale

Ein Caucus-Rennen und ein langer Schwanz
Tekma in dolg rep
Es waren in der Tat ein lustig aussehender Haufen Tiere
Res so bili smešni kup živali
und sie versammelten sich alle am Ufer des Wassers
in vsi so se zbrali na bregu vode
die Vögel hatten alle zerzauste Federn
vse ptice so imele raztrgano perje
und die pelzigen Tiere waren durchnässt
in kosmate živali so bile namočene skozi
und alle waren triefend nass, genervt und unwohl
in vsi so kapljali mokri, razdraženi in neprijetni

Es gab eine Frage, die zuerst beantwortet werden musste
Najprej je bilo treba odgovoriti na eno vprašanje
Was ist der beste Weg für alle, um trocken zu werden?
Kakšen je najboljši način, da se vsi posušijo?
Sie hatten eine Konsultation zu diesem Thema
O tej zadevi so se posvetovali
Bald waren sie alle auf vertrautem Einvernehmen

kmalu so bili vsi v znanih odnosih

Es war, als ob sie sie ihr ganzes Leben lang gekannt hätte

Bilo je, kot da jih je poznala vse življenje

Die Maus schien eine Person mit einer gewissen Autorität zu sein

Zdelo se je, da je miška oseba z neko avtoriteto

"Setzt euch, ihr alle, und hört mir zu!

»Sedite vsi in me poslušajte!

"Ich werde euch bald wieder alle trocken machen!"

"Kmalu vas bom spet posušil!"

Sie setzten sich alle auf einmal in einem großen Ring nieder

Vsi so se usedli naenkrat, v velik obroč

Und die kleine Maus saß in der Mitte

in mala miška je sedela na sredini

"Ähm!" sagte die Maus mit einer wichtigen Miene

»Ahem!« je rekla miška s pomembnim videzom

"Seid ihr bereit?"

"Ste vsi pripravljeni?"

"Das ist das Trockenste, was ich kenne"

"To je najbolj suha stvar, ki jo poznam"

»Schweigen Sie ringsum, wenn Sie wollen!«

"Tišina povsod, če prosim!"

"Wilhelm der Eroberer wurde vom Papst begünstigt"

"Viljem Osvajalec je bil naklonjen papežu"

"aber er wurde bald von den Engländern unterworfen"

"vendar so se mu kmalu podredili Angleži"

"Sie wollten in letzter Zeit Führer"

"V zadnjem času so želeli voditelje"

"Und sie waren an Macht und Eroberung gewöhnt"

"in navajeni so bili na moč in osvajanje"

"Edwin und Morcar, die Grafen von Mercia und Northumbria"

"Edwin in Morcar, grofa Mercia in Northumbria"

»Pfui!« sagte der Lori-Vogel mit einem Schauer

»Uh!« je rekla ptica lori in drhtala

"und sogar Stigand, der patriotische Erzbischof von Canterbury"

"in celo Stigand, domoljubni nadškof Canterburyja"
"Er fand es auch ratsam"
"Zdelo se mu je tudi priporočljivo"
"Was hielt er für ratsam?" fragte die Ente
"Kaj se mu je zdelo priporočljivo?" je vprašala raca
"Er fand es ratsam", antwortete die Maus ziemlich verärgert
"Zdelo se mu je priporočljivo," je odgovorila miška precej
navzkrižno
aber die Ente war nicht zufrieden
Toda raca ni bila zadovoljna
"Natürlich weißt du, was 'es' bedeutet"
"Seveda, veste, kaj pomeni 'to'"
"Ich weiß, was es ist, wenn ich etwas finde," sagte die Ente
»Vem, kaj je to, ko nekaj najdem,« je rekel raca
"Es ist in der Regel ein Frosch oder ein Wurm"
"Na splošno je žaba ali črv"
"Die Frage ist, was hat der Erzbischof gefunden?"
"Vprašanje je, kaj je našel nadškof?"
Die Maus bemerkte diese Frage nicht
Miška tega vprašanja ni opazila
Stattdessen fuhr die Maus hastig mit der Rede fort
Namesto tega je miška naglo nadaljevala z govorom
"Er fand es ratsam, mit Edgar Atheling zu gehen"
"Zdelo se mu je priporočljivo, da gre z Edgarjem Athelingom"
"um William zu treffen und ihm die Krone anzubieten"
"da se srečam z Williamom in mu ponudim krono"
fuhr die Maus fort und wandte sich dabei an Alice
miška je nadaljevala in se obrnila k Alici, ko je govorila
»Wie geht es dir jetzt, meine Liebe?«
"Kako ti gre zdaj, draga moja?"
»So naß wie immer,« sagte Alice in melancholischem Tone
»Mokra kot vedno,« je rekla Alice z melanholičnim tonom
**"Diese Geschichte scheint mich überhaupt nicht
auszutrocknen"**
"Zdi se, da me ta zgodba sploh ne posuši"
»In diesem Falle,« sagte der Dodo feierlich und erhob sich
»V tem primeru,« je slovesno rekel dodo in vstal

"Ich stimme dafür, dass die Sitzung vertagt wird"
"Glasujem, da se seja preloži"
"und ich schlage vor, sofort energischere Heilmittel zu ergreifen"
"in predlagam takojšnje sprejetje bolj energičnih zdravil"
"Sprich wahre Worte!" sagte der Adler
"Govorite prave besede!" je rekel orel
"Ich weiß nicht, was die Hälfte dieser langen Worte bedeutet"
"Ne vem, kaj pomeni polovica teh dolgih besed"
»und außerdem glaube ich nicht, daß Sie es wissen!«
"In še več, ne verjamem, da tudi vi veste!"
»Was ich sagen wollte«, sagte der Dodo in beleidigtem Ton
"Kaj sem hotel reči," je rekel dodo z užaljenim tonom
"Das Beste, was uns trocken kriegt, wäre ein Caucus-Rennen"
"Najboljša stvar, ki bi nas posušila, bi bila tekma na kongresu"
»Was ist ein Caucus-Rennen?« fragte Alice
»Kaj je tekmovanje v klubu?« je vprašala Alice

"Nun", sagte der Dodo, "der beste Weg, es zu erklären, ist, es
zu tun."
"No," je rekel dodo, "najboljši način, da to pojasnite, je, da to
storite."
"Zuerst steckte der Dodo eine Rennbahn ab"
"Najprej je dodo označil dirkališče"
"Die Strecke verlief in einer Art Kreis"
"Skladba je bila v nekakšnem krogu"
**"Und dann wurde die ganze Gesellschaft entlang der Strecke
platziert"**
"In potem je bila vsa zabava postavljena vzdolž proge"
Es gab kein "Eins, zwei, drei und weg!"
Ni bilo "Ena, dva, tri in stran!"
aber sie fingen an zu rennen, wann sie wollten
Toda začeli so teči, ko so želeli
Und sie beendeten auch, wenn sie wollten
in tudi končali, ko so želeli
**Es war also nicht einfach zu wissen, wann das Rennen
vorbei war**
Zato ni bilo lahko vedeti, kdaj je dirka končana
**Nach etwa einer halben Stunde Laufen waren sie alle
ziemlich trocken**
po približno pol ure teka so bili vsi precej suhi
der Dodo rief plötzlich: "Das Rennen ist vorbei!"
dodo je nenadoma zaklical: "Dirka je končana!"
Und sie drängten sich alle um den Dodo
In vsi so se nabrali okoli doda
Alle Tiere hechelten und schnauften
Vse živali so dihale in napihovale
und sie alle wollten wissen: "Aber wer hat gewonnen?"
in vsi so želeli vedeti: »Toda kdo je zmagal?«
Diese Frage konnte der Dodo nicht sofort beantworten
Na to vprašanje dodo ni mogel takoj odgovoriti
Zuerst musste er sehr viel nachdenken
Najprej je moral veliko premisliti
Nach langem Nachdenken sprach der Dodo schließlich
Po dolgem razmišljanju je dodo končno spregovoril

"Jeder hat gewonnen, und jeder muss Preise haben"
"Vsi so zmagali in vsi morajo imeti nagrade"
»Aber wer soll die Preise geben?« fragte ein Chor von
Stimmen
»Toda kdo naj podeli nagrade?« je vprašal zbor glasov
"Nun, sie natürlich", sagte der Dodo
»No, seveda,« je rekel dodo
und der Dodo deutete mit einem Finger auf Alice
in dodo je z enim prstom pokazal na Alice
und die ganze Gesellschaft von Tieren drängte sich um sie
in vsa skupina živali se je nabrala okoli nje
sie riefen verwirrt: »Preise! Preise!"
zmedeno so vzkliknili: »Nagrade! Nagrade!"
Alice hatte keine Ahnung, was sie tun sollte
Alice ni imela pojma, kaj storiti
Verzweifelt steckte sie die Hand in die Tasche
V obupu je dala roko v žep
Und sie zog eine Schachtel mit Süßigkeiten hervor
in izvlekla je škatlo sladkarij
Glücklicherweise war das Salzwasser nicht in den Kasten
gelangt
Na srečo slana voda ni prišla v škatlo
Und sie reichte die Süßigkeiten als Preise herum
in sladkarije je razdelila naokoli kot nagrade
Es gab genau ein Stück für jeden
Za vsakogar je bil natanko en kos
Das nächste, was sie tun mussten, war, die Süßigkeiten zu
essen
Naslednja stvar, ki so jo morali storiti, je bila pojesti sladkarije
Dies verursachte einige Geräusche und Verwirrung
To je povzročilo nekaj hrupa in zmede
Die großen Vögel klagten, dass sie ihre Süßigkeiten nicht
schmecken konnten
Velike ptice so se pritoževale, da ne morejo okusiti svojih
sladkarij
Die Kleinen verschluckten sich und mussten auf den
Rücken geklopft werden

majhni so se zadušili in jih je bilo treba potrepljati po hrbtu
Doch dann war es endlich vorbei
Vendar je bilo končno konec
Und sie setzten sich wieder in einem Ring nieder
in spet so se usedli v obroč
Und sie flehten die Maus an, ihnen noch etwas zu erzählen
in prosili so miško, naj jim pove še kaj več
**»Du hast versprochen, mir deine Geschichte zu erzählen,
weißt du,« sagte Alice**
"Obljubila si, da mi boš povedala svojo zgodovino, veš," je
rekla Alice
**und sie machte noch eine kleine Bemerkung über Katzen im
Flüsterton**
In šepetala je še eno majhno pripombo o mačkah
Sie wollte die Maus nicht noch einmal beleidigen
Ni želela spet užaliti miške
die kleine Maus drehte sich zu Alice um und seufzte
miška se je obrnila k Alice in vzdihnila
"Meine Geschichte ist lang und traurig!"
"Moja zgodba je dolga in žalostna!"
»Es ist gewiß ein langer Schwanz,« sagte Alice
»To je dolg rep, zagotovo,« je rekla Alice
**Und sie blickte verwundert auf den Schwanz der Maus
hinunter**
in z začudenjem je pogledala navzdol na mišji rep
"Aber warum nennst du es einen traurigen Schwanz?"
"Ampak zakaj temu praviš žalosten rep?"
Und sie rätselte unaufhörlich, während die Maus sprach
In še naprej je zmedala o tem, medtem ko je miška govorila
**so daß ihre Vorstellung von der Geschichte ungefähr so
aussah**
tako da je bila njena predstava o zgodbi nekako takšna

"Fury said to
a mouse, That
he met in the
house, 'Let
us both go
to law: *I*
will prosecute
you.—
Come, I'll
take no denial:
We must have
the trial;
For really
this morning
I've
nothing
to do.'
Said the
mouse to
the cur,
'Such a
trial, dear
sir, With
no jury
or judge,
would
be wasting
our
breath.'
'I'll be
judge,
I'll be
jury,'
said
cunning
old
Fury;
'I'll
try
the
whole
cause,
and
condemn
you to
death.'"

Fury sagte zu einer Maus, die er im Haus getroffen hat."
Bes je rekel miški, da se je srečal v hiši."
Lasst uns beide vor Gericht gehen: Ich werde euch anklagen
Naj se oba obrnemo na sodišče: preganjal vas bom
Kommen Sie, ich leugne es nicht: Wir müssen den Prozeß
haben
Pridite, ne bom zanikal: moramo imeti sojenje
Denn heute morgen habe ich wirklich nichts zu tun
Kajti danes zjutraj nimam ničesar storiti
Sagte die Maus zum Pfarrer;
Rekla je miška prekletstvu;
Ein solcher Prozeß, lieber Herr, ohne Geschworene und

Richter, würde uns den Atem rauben
Takšno sojenje, dragi gospod, brez porote ali sodnika bi nam
zapravljalo dih
**»Ich werde Richter sein, ich werde Geschworener sein«,
sagte der schlaue alte Fury**
»Jaz bom sodnik, bil bom porota,« je rekel prebrisani stari
Fury
**Ich werde die ganze Sache prüfen und dich zum Tode
verurteilen**
Poskusil bom celoten primer in vas obsodil na smrt
die Maus sprach streng zu Alice
miška je resno spregovorila z Alice
"Du passt nicht auf!"
"Ne posvečate pozornosti!"
"Woran denkst du?"
"O čem razmišljaš?"
»Ich bitte um Verzeihung,« sagte Alice sehr demütig
»Oprostite,« je zelo ponižno rekla Alice
»Sie waren in der fünften Kurve angelangt, glaube ich?«
"Mislim, da ste prišli do petega ovinka?"
"Du beleidigst mich, indem du so einen Unsinn redest!"
"Žališ me s takšnimi neumnostmi!"
Und die Maus stand auf und ging weg
in miška je vstala in odšla
Alice rief der kleinen Maus hinterher
Alice je klicala za miško
"Bitte komm zurück und beende deine Geschichte!"
"Prosim, vrnite se in dokončajte svojo zgodbo!"
Und die andern stimmten alle in den Chor ein
In vsi ostali so se pridružili v zboru
"Ja, bitte beenden Sie Ihre Geschichte!"
"Da, prosim, dokončajte svojo zgodbo!"
Aber die Maus schüttelte nur ungeduldig den Kopf
Toda miška je samo nestrpno zmajala z glavo
Und die kleine Maus ging ein wenig schneller
in mala miška je hodila malo hitreje
"Ich wünschte, ich hätte Dinah, unsere Katze, hier!" sagte

Alice
"Želim si, da bi imela tukaj Dinah, našo mačko!" je rekla Alice
Dies erregte in der Partei ein bemerkenswertes Aufsehen
To je povzročilo izjemen občutek med stranko
Einige der Vögel eilten sofort davon
Nekatere ptice so takoj odhitele
und ein Kanarienvogel rief mit zitternder Stimme seinen
Kindern zu;
in kanarček je drhtečim glasom zaklical k svojim otrokom;
»Kommt fort, meine Lieben!«
»Pojdite stran, dragi moji!«
"Es ist höchste Zeit, dass ihr alle im Bett seid!"
"Skrajni čas je, da ste vsi v postelji!"
Mit verschiedenen Ausreden gingen sie alle weg
z različnimi izgovori so vsi odšli
und Alice war bald allein
in Alice je kmalu ostala sama
"Ich wünschte, ich hätte Dina nicht erwähnt!"
"Želim si, da ne bi omenil Dinah!"
"Niemand scheint sie hier unten zu mögen"
"Zdi se, da je tukaj spodaj nihče ne mara"
"Aber ich bin mir sicher, dass sie die beste Katze von der
Welt ist!"
"Ampak prepričan sem, da je najboljša mačka na svetu!"
Die arme Alice fing wieder an zu weinen
Uboga Alice je spet začela jokati
weil sie sich sehr einsam und niedergeschlagen fühlte
ker se je počutila zelo osamljeno in slabo
Nach einer Weile aber hörte sie wieder etwas
Čez nekaj časa pa je spet nekaj zaslišala
ein leises Getrappel von Schritten in der Ferne
Malo korakov v daljavi
und sie blickte eifrig auf
in nestrpno je pogledala navzgor

Der Hase schickt den kleinen Mr. Bill herein
Zajec pošlje malega gospoda Billa

**Es war das weiße Kaninchen, das langsam wieder
zurücktrabte**
To je bil beli zajec, ki je počasi kasal nazaj
Er sah sich ängstlich um, während er ging
Zaskrbljeno je gledal naokoli, ko je šel
Er sah aus, als hätte er etwas verloren
Izgledal je, kot da je nekaj izgubil
Alice hörte, wie er vor sich hin murmelte
Alice ga je slišala, kako mrmra sam sebi
»Die Herzogin! Die Herzogin! Oh, meine lieben Pfoten!"
»Vojvodinja! Vojvodinja! Oh, moje drage tace!"
"Oh, mein Fell und meine Schnurrhaare!"
"Oh, moje krzno in brki!"
"Sie wird mich hinrichten lassen, da bin ich mir sicher"
"Usmrtila me bo, v to sem prepričana"
"Genauso sicher, wie Frettchen Frettchen sind!"
»Tako kot so beli dihurji!«
**"Wo kann ich meine Sachen abgestellt haben, frage ich
mich?"**
"Kje sem lahko spustil svoje stvari, se sprašujem?"
Alice erriet in einem Augenblick, was er suchte
Alice je v trenutku uganila, kaj išče

Er war auf der Suche nach dem Federfächer
Iskal je oboževalca perja
Und er suchte nach dem Paar weißer Handschuhe
in iskal je par belih rokavic
So machte sie sich sehr gutmütig auf die Suche nach den Handschuhen
zato je zelo dobronamerno začela iskati rokavice
Und sie suchte auch nach dem Federfächer
Iskala je tudi pernato oboževalko
Aber die Handschuhe und der Federfächer waren nirgends zu sehen
Toda rokavice in pernate ventilatorje ni bilo nikjer videti
Alles schien sich verändert zu haben, seit sie im Pool geschwommen war
Zdelo se je, da se je vse spremenilo, odkar je plavala v bazenu
Nichts war mehr so, wie es war, seit sie in der Großen Halle gewesen war
Nič ni bilo enako, odkar je bila v veliki dvorani
und der Glastisch war verschwunden
in steklena miza je izginila
Und die kleine Tür war auch nicht da
in tudi majhnih vrat ni bilo tam
Sehr bald bemerkte das Kaninchen Alice
Zelo kmalu je zajec opazil Alice
rief er ihr in zornigem Ton zu
Jezno jo je poklical
"Mary Ann, was machst du hier draußen?"
"Mary Ann, kaj počneš tukaj?"
"Lauf in diesem Moment nach Hause"
"Teči domov ta trenutek"
"Und hol mir ein Paar Handschuhe und einen Federfächer!"
"In prinesi mi par rokavic in pernato pahljačo!"
"Und beeil dich!"
"In bodi hiter pri tem!"
Alice sprach mit sich selbst, als sie davonrannte
Alice je govorila sama s seboj, ko je pobegnila
"Er muss mich für sein Hausmädchen gehalten haben!"

"Verjetno me je zamenjal za svojo gospodinjo!"
"Wie überrascht wird er sein, wenn er herausfindet, wer ich bin!"
"Kako presenečen bo, ko bo izvedel, kdo sem!"
Während sie dies sagte, stieß sie auf ein hübsches Häuschen
Ko je to rekla, je naletela na lepo hišico
An der Tür des Hauses hing eine helle Messingplatte
Na vratih hiše je bila svetla medeninasta plošča
"W. HASE"
"W. ZAJEC"
Sie trat ein, ohne an die Tür zu klopfen
Vstopila je, ne da bi potrkala na vrata
und sie eilte geradewegs die Treppe hinauf
in pohitela je naravnost gor
sie machte sich Sorgen, dass sie die echte Mary Ann treffen könnte
skrbelo jo je, da bi lahko spoznala pravo Mary Ann
denn dann würde sie aus dem Haus gejagt werden
ker bi jo potem izgnali iz hiše
Und sie würde den Federfächer und die Handschuhe nicht finden können
in ne bi mogla najti peresnega ventilatorja in rokavic
Alice hatte den Weg in ein aufgeräumtes Kämmerlein gefunden
Alice je našla pot v urejeno majhno sobo
Im Zimmer stand ein Tisch am Fenster
V sobi je bila miza ob oknu
und auf dem Tisch stand ein Federfächer
na mizi pa je bil pernati ventilator
Und da waren zwei oder drei Paar winzige weiße Handschuhe
in tam sta bila dva ali trije pari drobnih belih rokavic
Sie hob den Federfächer und ein Paar Handschuhe auf
Vzela je pernato oboževalko in par rokavic
und sie war eben im Begriff, das Zimmer zu verlassen
in ravno je nameravala zapustiti sobo
Aber dann fiel ihr Blick auf ein Fläschchen

potem pa so njene oči padle na steklenico
Sie entkorkte die Flasche und führte sie an ihre Lippen
Odmašila je steklenico in jo položila na ustnice
"Ich hoffe, dass ich dadurch wieder groß werde"
"Upam, da bom spet zrasla"
"Ich bin es leid, so ein winziges Ding zu sein!"
"Naveličan sem biti tako majhen majhen!"
Alice hatte kaum die halbe Flasche getrunken
Alice je komaj popila polovico steklenice
Ihr Kopf drückte bereits gegen die Decke
njena glava je že pritiskala na strop
und sie musste sich bücken
in morala se je skloniti
um ihr das Genick vor dem Genickbruch zu bewahren
da bi rešila vrat pred zlomom
Hastig stellte sie die Flasche ab
Naglo je odložila steklenico
"Das reicht"
"To je povsem dovolj"
"Ich hoffe, ich wachse nicht mehr"
"Upam, da ne bom več rasla"
Leider! Es war zu spät, das zu wünschen!
Žal! Bilo je prepozno, da bi si to želeli!
Sie wuchs und wuchs weiter
Še naprej je rasla in rasla
und sehr bald musste sie sich auf den Boden knien
in zelo kmalu je morala poklekniti na tla
und selbst dann wuchs sie weiter
In tudi takrat je še naprej rasla
Als letztes Mittel streckte sie einen Arm aus dem Fenster
Kot zadnji vir je eno roko potisnila skozi okno
und sie setzte einen Fuß auf den Schornstein
in z eno nogo se je povzpela v dimnik
"Jetzt kann ich nicht mehr, was auch immer passiert"
"Zdaj ne morem storiti več, karkoli se bo zgodilo"
»Was wird aus mir?«
"Kaj se bo zgodilo z mano?"

Alice hatte Glück
Alice je imela srečo
Das kleine Zauberfläschchen hatte seine volle Wirkung entfaltet
Čarobna steklenička je imela poln učinek
und Alice wurde nicht größer, als sie war
in Alice ni zrasla večja, kot je bila
Nach ein paar Minuten hörte sie draußen eine Stimme
Po nekaj minutah je zaslišala glas zunaj
Und sie blieb stehen, um der Stimme zu lauschen
in ustavila se, da bi poslušala glas
»Mary Ann! Mary Ann!« sagte die Stimme
»Mary Ann! Mary Ann!« je rekel glas
"Hol mir gleich meine Handschuhe!"
"Ta trenutek mi prinesi rokavice!"
Dann ertönte ein leises Getrappel von Füßen auf der Trepp
Nato je prišlo do majhnega potapljanja nog po stopnicah
Alice wusste, dass es das Kaninchen war, das kam, um sie z

suchen
Alice je vedela, da jo je zajec prišel iskat
und sie zitterte, bis sie das Haus erschütterte
in tresla se je, dokler ni pretresla hiše
Sie vergaß ganz, welche Proportionen sie hatte
povsem je pozabila, kakšna so njena razmerja
Sie war tausendmal so groß wie das Kaninchen
bila je tisočkrat večja od zajca
und sie hatte keinen Grund, sich vor einem Kaninchen zu fürchten
in ni imela razloga, da bi se bala zajca
Bald kam das Kaninchen an die Tür heran
Kmalu je zajček prišel do vrat
Und das kleine Kaninchen versuchte, die Tür zu öffnen
in mali zajček je poskušal odpreti vrata
Die Tür begann sich nach innen zu öffnen
vrata so se začela odpirati navznoter
aber Alices Ellbogen wurde hart gegen die Tür gedrückt
toda Alicin komolec je bil močno pritisnjen na vrata
Dieser Versuch erwies sich als Fehlschlag
Ta poskus se je izkazal za neuspešnega
Alice hörte, wie das Kaninchen mit sich selbst sprach
Alice je slišala, kako se zajec pogovarja sam s seboj
"Dann gehe ich herum und steige durch das Fenster ein"
"Potem bom šel naokoli in vstopil skozi okno"
"Das wirst du nicht!" dachte Alice
"Da ne boš!" je pomislila Alice
und sie wartete wieder ein wenig
In spet je malo počakala
Bald hörte sie das Kaninchen gerade unter dem Fenster
Kmalu je zaslišala zajca tik pod oknom
Plötzlich streckte sie ihre Hand aus
Nenadoma je raztegnila roko
Und sie machte einen Sprung in die Luft
in naredila je ugrabitev v zraku
Sie bekam nichts in die Finger
Ničesar ni dobila

aber sie hörte einen kleinen Schrei und einen Sturz
vendar je zaslišala majhen krik in padec
und sie hörte ein Krachen von zerbrochenem Glas
in zaslišala je trk razbitega stekla
Vielleicht war das Kaninchen gefallen
Morda je zajec padel
Vielleicht war er in einem Gewächshaus
Mogoče je bil v zelenjaku
**Dann ertönte eine zornige Stimme; Die Stimme des
Kaninchens**
Nato je prišel jezen glas; Zajčev glas
"Pat, wo bist du?"
"Pat, kje si?"
**Und dann ertönte eine Stimme, die sie noch nie zuvor gehört
hatte**
In potem se je slišal glas, ki ga še nikoli ni slišala
"Euer Ehren, ich bin hier!"
"Vaša čast, tukaj sem!"
"Ich grabe nach Äpfeln"
"Kopem jabolka"
»Hier! Komm und hilf mir da raus!"
»Tukaj! Pridite in mi pomagajte iz tega!«
»Nun sag mir, Pat, was ist das da im Fenster?«
"Zdaj pa mi povejte, Pat, kaj je to v oknu?"
"Sicher, Euer Ehren, ich werde es Ihnen sagen"
"Seveda, vaša čast, povedal vam bom"
"Das ist ein Arm, der im Fenster steckt!"
"To je roka, ki je v oknu!"
"Na ja, da hat ein Arm nichts zu suchen"
"No, roka tam nima kaj dela"
"Geh und nimm den Arm weg!"
"Pojdi in odvzemi roko!"
Hierauf trat ein langes Schweigen ein
Po tem je bila dolga tišina
und Alice konnte nur ab und zu ein Flüstern hören
in Alice je tu in tam slišala le šepetanje
und endlich streckte sie die Hand wieder aus

in končno je spet raztegnila roko
Und sie machte einen weiteren Sprung in die Luft
in naredila je še en ugrabitev v zraku
Diesmal gab es zwei kleine Schreie
Tokrat sta bila dva majhna krika
und es gab noch mehr Geräusche von zerbrochenem Glas
in bilo je še več zvokov razbitega stekla
"Ich möchte wohl wissen, was sie nun tun werden!" dachte Alice
»Zanima me, kaj bodo naredili naslednje!« je pomislila Alice
"Ich wünschte, sie würden mich aus dem Fenster ziehen"
"Želim si, da bi me potegnili skozi okno"
Sie wartete eine Weile
Čakala je nekaj časa
aber eine Weile hörte sie nichts mehr
Toda nekaj časa ni slišala ničesar več
Endlich ertönte das Rumpeln kleiner Rädchen
Končno se je zaslišalo ropotanje majhnih koles
Und da ertönten viele Stimmen
in zaslišalo se je veliko glasov
Alle Stimmen sprachen miteinander
Vsi glasovi so se pogovarjali skupaj
Sie konnte einige der Worte verstehen
Lahko je razbrala nekaj besed
"Wo ist die andere Leiter?"
"Kje je druga lestev?"
"Bill hat die andere Leiter"
"Bill ima drugo lestev"
"Bill, komm her!"
"Bill, pridi sem!"
"Wird das Dach die Last tragen?"
"Ali bo streha nosila breme?"
"Wer will schon den Schornstein hinuntergehen?"
"Kdo hoče iti po dimniku?"
»Nein, das werde ich nicht! Du machst es!"
»Ne, ne bom! Naredite to!"
»Hier, Bill!«

"Tukaj, Bill!"
"Der Meister sagt, du musst in den Schornstein hinunter!"
"Gospodar pravi, da moraš iti po dimniku!"
Alice zog ihren Fuß so weit den Schornstein hinab, wie sie konnte
Alice je potegnila nogo tako daleč navzdol po dimniku, kolikor je lahko.
Und dann wartete sie, was kommen würde
In potem je čakala, da vidi, kaj se bo zgodilo
Sie hörte ein kleines Tier kratzen und krabbeln
Slišala je majhno žival, ki se je praskala in pretresala
Das Tierchen muss sich im Schornstein befinden
mala žival mora biti v dimniku
dann gab sie einen scharfen Tritt
Nato je dala en oster brc
Und sie wartete ab, was als nächstes geschehen würde
in čakala je, da vidi, kaj se bo zgodilo naprej
Sie hörte einen allgemeinen Chor von Stimmen
slišala je splošen zbor glasov
"Da geht Bill!", sagten alle
"Tam gre Bill!" so rekli vsi
Dann hörte sie allein die Stimme des Kaninchens
Potem je zaslišala zajčji glas
"Du an der Hecke, fang ihn!"
"Ti ob živi meji, ujemi ga!"
Es trat wieder ein Augenblick des Schweigens ein
Sledil je še en trenutek tišine
Und dann gab es wieder ein Stimmengewirr
in potem je prišlo do še ene zmede glasov
"Halt seinen Kopf hoch, Brandy"
"Dvigni mu glavo, Brandy"
"Pass auf, dass du ihn nicht würgst"
"pazite, da ga ne zadušite"
"Was ist mit dir passiert?"
"Kaj se je zgodilo s teboj?"
Zuletzt kam eine kleine, schwache, quietschende Stimme
Nazadnje se je slišal šibek, škripajoč glas

"Nun, ich weiß es kaum mehr"
"No, komaj vem več"
"Danke euch allen, mir geht es jetzt besser"
"Hvala vsem, zdaj sem boljši"
"Es gibt eine Sache, an die ich mich erinnern kann"
"Spomnim se ene stvari"
"Irgendetwas kommt auf mich zu wie ein Zug im Tunnel"
"Nekaj me napade kot vlak v predoru"
"Und ich fliege hoch wie eine Rakete!"
»in gor letim kot raketa!«
Es gab ein oder zwei Minuten des Schweigens
Minuto ali dve je bila tišina
Und dann fingen sie wieder an, sich zu bewegen
In potem so se spet začeli premikati
und Alice hörte das Kaninchen wieder sprechen
in Alice je spet slišala Zajca govoriti
"Ein Karren voll reicht für den Anfang"
"Za začetek bo zadostovala gomila"
"Einen Karren voll wovon?" dachte Alice
»Gomila česa?« je pomislila Alice
Aber sie wurde nicht lange in Atem gehalten
Toda ni bila dolgo zadržana v napetosti
**Ein Regen von kleinen Kieselsteinen drang durch das
Fenster**
skozi okno je prišel tuš majhnih kamenčkov
und einige der kleinen Kieselsteine trafen sie im Gesicht
in nekaj majhnih kamenčkov jo je zadelo v obraz
Alice wunderte sich über die kleinen Kieselsteine
Alice je bila presenečena nad majhnimi kamenčki
all die kleinen Kieselsteine verwandelten sich in Kuchen
vsi majhni kamenčki so se spreminjali v torte
und eine glänzende Idee kam ihr in den Kopf
in v glavi ji je prišla svetla ideja
"Einen von diesen Kuchen sollte ich essen"
"Moral bi pojesti eno od teh peciv"
"Der Kuchen wird sicher etwas an meiner Größe ändern"
"Torta bo zagotovo spremenila mojo velikost"

Also schluckte sie einen der Kuchen
Zato je pogoltnila eno od tort
und sie freute sich, als sie feststellte, dass sie anfing zu schrumpfen
in bila je navdušena, ko je ugotovila, da se je začela krčiti
Bald war sie klein genug, um durch die Tür zu kommen
kmalu je bila dovolj majhna, da je prišla skozi vrata
Sie rannte aus dem Haus
zbežala je iz hiše
Draußen wartete eine Menge kleiner Tiere und Vögel
Zunaj je čakala množica majhnih živali in ptic
alle kleinen Vögel und Tiere stürzten sich auf Alice
vse ptičke in živali so pohiteli na Alice
aber sie rannte davon, so schnell sie konnte
vendar je pobegnila čim hitreje
und bald fand sie sich sicher in einem dichten Walde
in kmalu se je znašla na varnem v gostem gozdu
Alice irrte im Walde umher
Alice se je sprehajala po gozdu
Und sie dachte bei sich:
in pomislila je:
"Ich weiß, was ich zuerst zu tun habe"
"Vem, kaj moram najprej storiti"
"erst muss ich wieder auf meine richtige Größe wachsen"
"Najprej moram spet zrasti do svoje prave velikosti"
"Und dann muss ich den Weg in diesen schönen Garten finden"
"In potem moram najti pot v ta čudovit vrt"
"Ich glaube, ich sollte irgendetwas essen oder trinken"
"Mislim, da bi moral pojesti ali popiti kaj drugega"
"Aber die Frage ist, was soll ich essen oder trinken?"
"ampak vprašanje je, kaj naj jem ali pijem?"
Alice blickte sich um und betrachtete die Blumen
Alice je pogledala okoli sebe na rože
Und sie schaute durch die Grashalme hindurch
in pogledala je skozi trave
aber sie konnte nichts zu essen und zu trinken sehen

vendar ni videla ničesar za jesti ali piti
Nichts sah nach dem Richtigen zum Essen oder Trinken aus
Nič ni izgledalo kot prava stvar za jesti ali piti
In ihrer Nähe wuchs ein großer Pilz
V bližini je rasla velika goba
der Pilz war ungefähr so groß wie Alice
goba je bila približno enake višine kot Alice
Sie streckte sich auf den Zehenspitzen auf
Raztegnila se je na prstih
Und sie guckte über den Rand des Pilzes
in pokukala je čez rob gobe
Ihre Augen trafen sofort die Augen einer großen blauen Raupe
njene oči so se takoj srečale z očmi velike modre gosenice
Die Raupe saß auf der Spitze des Pilzes
gosenica je sedela na vrhu gobe
und die Raupe hatte alle Arme gekreuzt
in gosenica je prekrižala vse roke
Und er rauchte leise eine lange Wasserpfeife
in tiho je kadil dolgo nargilo
und er nahm nicht die geringste Notiz von irgendetwas
in ničesar ni niti najmanj opazil
und er achtete gewiß nicht auf Alice
in zagotovo ni bil pozoren na Alice

Endlich nahm die Raupe die Shisha aus dem Maul
Končno je gosenica vzela nargilo iz ust
und er redete Alice mit einer trägen, schläfrigen Stimme an
in nagovoril je Alice z mlačnim, zaspanim glasom
"Wer bist du?" fragte die Raupe
»Kdo si?« je vprašala gosenica

Alice antwortete etwas schüchtern: "Ich weiß es kaum, Sir."
Alice je precej sramežljivo odgovorila: »Komaj vem, gospod«
"Gerade im Moment ist alles ein bisschen..."
"Samo v tem trenutku je vse malo ..."
"Ich weiß, wer ich war, als ich heute Morgen aufgestanden bin."
"Vem, kdo sem bil, ko sem zjutraj vstal."
"aber ich glaube, ich muss mich seitdem mehrmals verändert haben"
"ampak mislim, da sem se od takrat morala večkrat spremeniti"
"Was meinst du damit?" sagte die Raupe

"Kaj misliš s tem?" je vprašala gosenica
Streng forderte die Raupe sie auf, sich zu erklären
Gosenica jo je strogo prosila, naj se razloži
»Ich kann mich nicht erklären, fürchte ich, Sir«, sagte Alice
"Bojim se, da se ne morem razložiti, gospod," je rekla Alice
"weil ich nicht ich selbst bin"
"ker nisem jaz"
**"Du siehst, es ist sehr verwirrend, so viele verschiedene
Größen an einem Tag zu haben"**
"Vidite, biti toliko različnih velikosti v enem dnevu je zelo
zmedeno"
Sie raffte sich auf und sagte sehr ernst:
Dvignila se je in zelo resno rekla:
"Ich denke, du solltest mir zuerst sagen, wer du bist"
"Mislim, da bi mi moral najprej povedati, kdo si."
"Warum?" fragte die Raupe
»Zakaj?« je vprašala gosenica
Alice fiel kein guter Grund ein
Alice se ni mogla spomniti nobenega pravega razloga
**und die Raupe schien sich in einem sehr unangenehmen
Gemütszustand zu befinden**
in zdelo se je, da je gosenica v zelo neprijetnem duševnem
stanju
also wandte sie sich ab
zato se je obrnila stran
"Komm zurück!" rief ihr die Raupe nach
»Vrni se!« je za njo klicala gosenica
"Ich habe etwas Wichtiges zu sagen!"
"Nekaj pomembnega moram povedati!"
Alice drehte sich um und kam wieder zurück
Alice se je obrnila in se spet vrnila
"Behalte die Fassung!" sagte die Raupe
"Ohranite živce," je rekla gosenica
»Ist das alles?« fragte Alice
»Je to vse?« je vprašala Alice
und sie schluckte ihren Zorn hinunter, so gut sie konnte
in svojo jezo je pogoltnila, kolikor je lahko,

"Nein!" sagte die Raupe
"Ne," je rekla gosenica
Die Raupe breitete ihre Arme aus
gosenica je raztegnila roke
Und er nahm die Shisha wieder aus dem Mund
in spet je vzel nargilo iz ust
Und er sagte: "Du glaubst also, du bist verändert, oder?"
in rekel je: "Torej misliš, da si se spremenil, kajne?"
»Ich fürchte, ich bin verändert, Sir,« sagte Alice
»Bojim se, da sem se spremenila, gospod,« je rekla Alice
**"Ich kann mich nicht mehr so an Dinge erinnern, wie ich sie
früher in Erinnerung hatte"**
"Ne morem se spomniti stvari, kot sem se jih spominjal"
"Und ich bleibe nicht länger als zehn Minuten gleich groß!"
"In ne ostanem enake velikosti več kot deset minut!"
"Wie groß willst du sein?" fragte die Raupe
"Kakšno velikost hočeš biti?" je vprašala gosenica
**»Oh, es ist mir nicht besonders wichtig, wie groß ich bin«,
erwiderte Alice hastig**
»Oh, ne zanima me preveč, kakšna sem velikost,« je naglo
odgovorila Alice
**"Ich mag es einfach nicht, so oft die Größe zu wechseln,
weißt du"**
"Preprosto ne maram tako pogosto spreminjati velikosti,
veste"
"Ich würde gerne etwas größer sein, Sir"
"Rad bi bil malo večji, gospod"
»wenn es dir nichts ausmacht,« fügte Alice hinzu
»Če ne bi imel nič proti,« je dodala Alice
"Zehn Zentimeter sind so eine erbärmliche Größe"
"Deset centimetrov je tako bedna višina"
**"Das ist wirklich eine sehr gute Höhe!" sagte die Raupe
ärgerlich**
»Res je zelo dobra višina!« je jezno rekla gosenica
und er richtete sich auf, während er sprach
in med govorjenjem se je dvignil pokončno
Er war genau zehn Zentimeter groß

visok je bil natanko deset centimetrov
**In ein oder zwei Minuten war die Raupe vom Pilz
heruntergekommen**
V minuti ali dveh se je gosenica spustila z gobe
und er kroch ins Gras
in odplazil se je v travo
Als er sich entfernte, machte er einige kleine Bemerkungen
Ko je odhajal, je izrekel nekaj kratkih pripomb
"Eine Seite lässt dich größer werden"
"Ena stran vas bo povečala"
"Und die andere Seite wird dich kleiner werden lassen"
"in druga stran te bo skrajšala"
"Eine Seite wovon?" dachte Alice bei sich
»Ena stran česa?« je pomislila Alice
"Die andere Seite von was?"
"Druga stran česa?"
"Die Seite des Pilzes!" sagte die Raupe
»stran gobe,« je rekla gosenica
Es war, als hätte sie ihre Frage laut gestellt
Bilo je, kot da bi svoje vprašanje postavila na glas
und im nächsten Augenblick war er außer Sichtweite
in v drugem trenutku je bil izginil iz vidnega polja
Alice blieb stehen und betrachtete den Pilz nachdenklich
Alice je ostala zamišljeno gledala gobo
**Sie versuchte herauszufinden, welche die beiden Seiten des
Pilzes waren**
Poskušala je razbrati, kateri sta dve strani gobe
Endlich streckte sie ihre Arme um den Pilz
Končno je raztegnila roke okoli gobe
und sie brach ein Stück der Ränder ab
in zlomila je nekaj robov
»**Und nun, welche Seite ist welche?**« fragte sie sich
"In zdaj, katera stran je katera?" si je rekla
**und sie knabberte ein wenig von dem Stück der rechten
Hand**
in malo je grizla del desne roke
Im nächsten Augenblick spürte sie einen heftigen Schlag

unter ihrem Kinn
Naslednji trenutek je začutila silovit udarec pod brado
Ihr Kinn hatte ihren Fuß getroffen!
brada jo je udarila v nogo!
Sie war sehr erschrocken über diese sehr plötzliche Veränderung
Bila je precej prestrašena zaradi te zelo nenadne spremembe
Sie schrumpfte sehr schnell
zelo hitro se je krčila
Also aß sie schnell etwas von dem anderen Stück Pilz
Zato je hitro pojedla nekaj drugega koščka gob
Ihr Kinn war sehr eng gegen ihren Fuß gepresst
Brada ji je bila zelo tesno pritisnjena na nogo
Es war kaum Platz, um den Mund aufzumachen
komaj je bilo prostora, da bi odprla usta
aber schließlich gelang es ihr, den Mund aufzumachen
vendar ji je končno uspelo odpreti usta
und sie schluckte einen Bissen von dem linken Stück
in pogoltnila je košček leve roke
»mein Kopf ist endlich frei!« sagte Alice
"Moja glava je končno osvobojena!" je rekla Alice
Sie blickte an sich herunter
pogledala je navzdol nase
aber alles, was sie sehen konnte, war ein ungeheurer Hals
toda vse, kar je lahko videla, je bil ogromen vrat
Ihr Hals schien sich wie ein Stiel zu erheben
Zdelo se je, da se ji je vrat dvignil kot pecelj
Und sie blickte auf ein Meer von grünen Blättern hinab
in pogledala je navzdol čez morje zelenih listov
"Wo sind meine Schultern geblieben?"
"Kam so prišla moja ramena?"
**»Und ach, meine armen Hände, wie kommt es, daß ich euch
nicht sehen kann?«**
"In oh, moje uboge roke, kako to, da te ne vidim?"
Aber ihr Hals hatte einen Vorteil
Toda njen vrat je imel eno korist
Sie konnte ihren Kopf in jede Richtung bewegen

lahko je premaknila glavo v katerokoli smer
Tatsächlich war sie wie eine Schlange
pravzaprav je bila kot kača
Sie senkte anmutig ihren Kopf im Zickzack
elegantno je cik-cak glavo spustila navzdol
Und sie bewegte ihren Kopf durch die Bäume
in premikala je glavo med drevesi
Aber dann hörte sie ein scharfes Zischen
potem pa je zaslišala ostro sikanje
Und sie zog schnell den Kopf zurück
in hitro je potegnila glavo nazaj
Eine große Taube war ihr ins Gesicht geflogen
velik golob ji je priletel v obraz
und die Taube fuhr mit den Flügeln heftig zusammen
in golob je bil silovito s krili

»Schlange!« rief die Taube

»Kača!« je vzkliknil golob

"Ich bin keine Schlange!" sagte Alice entrüstet

»Jaz nisem kača!« je ogorčeno rekla Alice

"Laß mich in Ruhe!"

"Pusti me pri miru!"

"Ich habe die Wurzeln von Bäumen ausprobiert"

"Poskusil sem korenine dreves"

"Und ich habe es mit Hecken versucht", fuhr die Taube fort

"In poskusil sem žive meje," je nadaljeval golob

»Aber diese Schlangen! Man kann es ihnen nicht recht machen!"

»Ampak tiste kače! Nič jim ni mogoče ugajati!"

Alice war immer verwirrter

Alice je bila vse bolj zmedena

"Als ob es nicht schon Mühe genug wäre, die Eier auszubrüten!" sagte die Taube

"Kot da ni bilo dovolj težav z izvalitvijo jajc," je rekel golob

"Tag und Nacht muss ich mich auch vor Schlangen in Acht nehmen!"

»Ponoči in podnevi moram paziti tudi na kače!«

"Ich hatte gerade den höchsten Baum im Wald gefunden"

"Pravkar sem našel najvišje drevo v gozdu"

"Wäre ich hier sicher frei von Schlangen?"

"Zagotovo bi bil tukaj brez kač?"

"Und heraus kommt eine Schlange vom Himmel!"

"In ven prihaja kača z neba!"

"Aber ich bin keine Schlange, sage ich dir!" sagte Alice

»Ampak jaz nisem kača, povem ti!« je rekla Alice

"Ich bin ein... Ich bin ein... Ich bin ein kleines Mädchen«, fügte sie etwas zweifelnd hinzu

"Jaz sem ... Jaz sem ... Sem majhna deklica," je dodala precej dvomljivo

Schließlich hatte sie viele Veränderungen durchgemacht

navsezadnje je šla skozi veliko sprememb

"Du suchst Eier!" sagte die Taube

"Iščeš jajca," je rekel golob

"Das weiß ich mit Sicherheit"

"To vem zagotovo"
**"Und was macht es aus, ob du ein kleines Mädchen oder
eine Schlange bist?"**
"In kaj je pomembno, če si majhna deklica ali kača?"
»Es liegt mir sehr viel daran,« sagte Alice hastig
»To mi je zelo pomembno,« je naglo rekla Alice
**"Aber ich bin nicht auf der Suche nach Eiern, wie es der
Zufall will"**
"ampak ne iščem jajc, kot se zgodi"
"Und ich würde deine Eier sowieso nicht wollen"
"In tako ali tako ne bi želel tvojih jajc"
"Ich mag meine Eier nicht roh"
"Ne maram svojih jajc surovih"
»Nun, dann fort!« sagte die Taube in mürrischem Tone
»No, pojdi potem!« je rekel golob v mrzovoljnem tonu
und die Taube ließ sich wieder in ihrem Nest nieder
in golob se je spet ustalil v svoje gnezdo
Alice kauerte sich zwischen die Bäume, so gut sie konnte
Alice se je skrčila med drevesi, kolikor je lahko.
Ihr Hals verfing sich immer wieder zwischen den Ästen
vrat se ji je nenehno zapletal med veje
**Hin und wieder musste sie anhalten und ihren Hals
aufdrehen**
Vsake toliko časa se je morala ustaviti in odviti vrat
Nach einer Weile erinnerte sie sich an den Pilz
Čez nekaj časa se je spomnila gobe
Sie hielt die Pilzstücke noch immer in ihren Händen
še vedno je držala koščke gob v rokah
Und sie machte sich sehr vorsichtig an die Arbeit
in zelo previdno se je lotila dela
Zuerst knabberte sie an einem Stück
Najprej je grizla en kos
Und dann knabberte sie an dem anderen Stück
nato pa je grizla drugi kos
Manchmal wurde sie größer
včasih je zrasla višja
und manchmal wurde sie kleiner

in včasih je postajala nižja
Aber schließlich erreichte sie ihre übliche Größe
Toda končno je dosegla svojo običajno višino
Sie war schon seit einiger Zeit nicht mehr so groß wie sie selbst
že nekaj časa ni bila svoje višine
So fühlte sich alles eine Zeit lang seltsam an
Nekaj časa se je vse zdelo čudno
"Das nächste, was zu tun ist, ist, in diesen schönen Garten zu gehen"
"Naslednja stvar, ki jo morate storiti, je, da pridete v ta čudovit vrt"
»wie soll man das machen?«
"Sprašujem se, kako naj se to naredi?"
Während sie dies sagte, stieß sie auf einen offenen Platz
Ko je to rekla, je naletela na odprt prostor
Da war ein kleines Haus, etwas höher als einen Meter
Tam je bila majhna hiša, nekoliko višja od metra
"Ich frage mich, wer in diesem kleinen Haus wohnt"
"Sprašujem se, kdo živi v tej majhni hiši"
"So groß wie ich bin, kann ich sicher nicht reingehen"
"Vsekakor ne morem iti tako velik, kot sem"
"Ich würde sie fürchterlich erschrecken!"
"Strašno bi jih prestrašil!"
Also knabberte sie wieder an dem kleinen Pilz
zato je spet grizla majhno gobo
Und bald brachte sie sich dreißig Zentimeter tief
in kmalu se je spustila za trideset centimetrov

Ein Schwein und etwas Pfeffer
Prašič in nekaj popra
Ein oder zwei Minuten lang stand sie da und betrachtete das Haus
Minuto ali dve je stala in gledala hišo
Plötzlich kam ein Lakai aus dem Walde gerannt
Nenadoma je iz gozda pritekel lokaj
Er trug eine spezielle Livree-Uniform
Nosil je posebno uniformo
Seinem Gesicht nach zu urteilen, hätte sie ihn einen Fisch genannt
Sodeč samo po njegovem obrazu, bi ga imenovala riba
und er klopfte laut mit den Fingerknöcheln an die Tür
in glasno je potrkal na vrata s členki
Die Tür wurde von einem anderen Lakaien geöffnet
vrata je odprl drug lokaj
Auch dieser Lakai trug eine besondere Livree
Tudi ta lokaj je nosil posebno barvo
Dieser Lakai hatte ein rundes Gesicht und große Augen wie ein Frosch
Ta lokaj je imel okrogel obraz in velike oči kot žaba

Der Lakai, der wie ein Fisch aussah, leitete die Zeremonie ein
Lokaj, ki je izgledal kot riba, je sprožil slovesnost
Er zog etwas unter seinem Arm hervor
nekaj je izvlekel izpod roke
Und er zog unter seinem Arm einen Umschlag hervor
in izpod roke je izvlekel ovojnico
und diesen Umschlag übergab er dem andern Lakaien
in to ovojnico je izročil drugemu lokaju
In zeremoniellem Tone teilte er ihm die Befehle mit
s slovesnim tonom mu je povedal ukaze
"Diese Botschaft ist für die Herzogin"
"To sporočilo je za vojvodinjo"
"Eine Einladung der Königin zum Krocketspielen"
"Povabilo kraljice k igranju kroketa"
Der Lakai, der wie ein Frosch aussah, wiederholte den Befehl
Lokaj, ki je bil videti kot žaba, je ponovil ukaz
"Von der Königin"
"Od kraljice"
"Eine Einladung"
»Povabilo«
"für die Herzogin"
"za vojvodinjo"
"Krocket spielen"
"Igranje kroketa"
Dann verbeugten sie sich beide tief
Nato sta se oba nizko priklonila
und die Locken in ihren Perücken verwickelten sich ineinander
in kodre v lasuljah so se zapletle skupaj
Bald war der Lakai, der wie ein Fisch aussah, verschwunden
Kmalu je lokaj, ki je izgledal kot riba, izginil
Aber der Lakai, der wie ein Frosch aussah, war immer noch da
toda lokaj, ki je izgledal kot žaba, je bil še vedno tam
Er saß auf dem Boden in der Nähe der Tür

sedel je na tleh blizu vrat
Er starrte dumm in den Himmel
Neumno je strmel v nebo
Alice ging schüchtern zur Tür und klopfte
Alice je sramežljivo šla do vrat in potrkala
»Es hat keinen Zweck, anzuklopfen,« sagte der Lakai
"Nima smisla trkati," je rekel lokaj
"Und das aus zwei Gründen"
"In to iz dveh razlogov"
"Erstens, weil ich auf der gleichen Seite der Tür stehe wie du"
"Prvič, ker sem na isti strani vrat kot ti"
"Zweitens, weil sie drinnen so viel Lärm machen"
"Drugič, ker v notranjosti delajo toliko hrupa"
"Niemand könnte dich hören"
"Nihče te ni mogel slišati"
Und es war gewiß ein höchst merkwürdiger Lärm im Innern
In zagotovo se je v notranjosti dogajal najbolj nenavaden hrup
ein ständiges Heulen und Niesen
nenehno zavijanje in kihanje
und ab und zu ein Geräusch von großem Krachen
in vsake toliko časa zvok velikega trčenja
als ob eine Schüssel oder ein Wasserkocher in Stücke zerbrochen wäre
kot da bi bila posoda ali kotliček razbita na koščke
"Wie soll ich da reinkommen?" fragte Alice
»Kako naj vstopim?« je vprašala Alice
»Wollen Sie überhaupt hineinkommen?« fragte der Lakai
»Ali bi sploh morali vstopiti?« je rekel lokaj
"Das ist die erste Frage, weißt du"
"To je prvo vprašanje, veste"
Alice öffnete die Tür und trat ein
Alice je odprla vrata in vstopila
Die Tür führte direkt in eine große Küche
Vrata so vodila naravnost v veliko kuhinjo
Die Küche war von einem Ende bis zum anderen voller Rauch

kuhinja je bila polna dima od enega konca do drugega
in der Mitte der Küche saß die Herzogin
sredi kuhinje je bila vojvodinja
Sie saß auf einem dreibeinigen Hocker
Sedela je na stolu s tremi nogami
und sie stillte ein Baby
in dojila je otroka
Die Köchin beugte sich über das Feuer
kuhar se je nagnil nad ogenj
Er rührte einen großen Kessel
Mešal je velik kotel
und der Kessel schien mit Suppe gefüllt zu sein
in zdelo se je, da je kotel poln juhe
"Da ist sicher zu viel Pfeffer drin!" sagte Alice zu sich selbst
"V tej juhi je zagotovo preveč popra!" Rekla je Alice sama sebi
Sie sagte es, so gut sie konnte, ohne zu niesen
To je povedala po svojih najboljših močeh, ne da bi kihala
Sogar die Herzogin nieste gelegentlich
Celo vojvodinja je občasno kihala
Aber die Handlungen des Babys waren am bemerkenswertesten
Toda otrokova dejanja so bila najbolj omembe vredna
Das Baby nieste und heulte abwechselnd
otrok je izmenično kihal in zavijal
Es gab keinen Augenblick Pause zwischen Heulen und Niesen
Med zavijanjem in kihanjem ni bilo niti trenutka premora
Es gab zwei Kreaturen in der Küche, die nicht niesten
V kuhinji sta bili dve bitji, ki nista kihali
Die Köchin war zu beschäftigt, um zu niesen
kuhar je bil preveč zaposlen, da bi kihal
Und die große Katze schien sich nicht an dem Pfeffer zu stören
in velika mačka ni motila popra
Stattdessen grinste die große Katze von einem Ohr zum anderen
namesto tega se je velika mačka smehljala od ušesa do ušesa

»Bitte, würdest du es mir sagen,« sagte Alice ein wenig schüchtern

»Prosim, ali mi lahko poveste,« je rekla Alice nekoliko sramežljivo

"Warum grinst deine Katze so?"

"Zakaj se tvoja mačka tako nasmehne?"

»Es ist eine Cheshire-Katze,« sagte die Herzogin

"To je Cheshire-mačka," je rekla vojvodinja

"Und deshalb grinst er von Ohr zu Ohr"

"In zato se smehlja od ušesa do ušesa"

"Ich wusste nicht, dass eine Cheshire-Katze immer grinst"

"Nisem vedel, da se Cheshire-Cat vedno nasmehne"

"Eigentlich wusste ich nicht, dass Katzen grinsen können", sagte Alice

"pravzaprav nisem vedela, da se mačke lahko nasmehnejo," je dejala Alice

»Es gibt vieles, was Sie nicht wissen,« sagte die Herzogin

»veliko je tega, česar ne veš,« je rekla vojvodinja

"Es gibt vieles, was man nicht weiß, und das ist eine Tatsache"

"Veliko je tega, česar ne veste, in to je dejstvo"

In diesem Augenblick nahm die Köchin den Kessel mit der Suppe vom Feuer

Ravno takrat je kuhar vzel kotel juhe z ognja

Und sogleich fing sie an, alles in ihre Reichweite zu werfen

in takoj je začela metati vse, kar ji je bilo na dosegu roke

sie warf alles, was sie konnte, auf die Herzogin und das Baby

vrgla je vse, kar je lahko, na vojvodinjo in dojenčka

Zuerst warf sie die Feuereisen

Najprej je vrgla železa

Dann warf sie eine Handvoll Töpfe

nato je vrgla peščico ponv

und schließlich warf sie die Teller und Schüsseln

in končno je vrgla krožnike in posodo

Die Herzogin nahm keine Notiz von ihr

Vojvodinja je ni opazila

Selbst als sie von einem Teller getroffen wurde, machte sie sich keine Sorgen

Tudi ko jo je zadel krožnik, ni skrbelo

Das Baby heulte schon so viel

otrok je že toliko zavijal

Es war also unmöglich zu sagen, ob die Schläge das Baby verletzt haben oder nicht

Zato je bilo nemogoče reči, ali so udarci prizadeli otroka ali ne

"Oh, gib bitte acht, was du tust!" rief Alice

»Oh, prosim, pazi, kaj počneš!« je vzkliknila Alice

und sie sprang in Todesangst des Entsetzens auf und ab

in skakala je gor in dol v agoniji groze

die Herzogin bot Alice das Baby an

vojvodinja je Alice ponudila otroka

»Hier! Du kannst das Kind ein wenig stillen, wenn du willst!«

»Tukaj! Lahko otroka malo dojiš, če hočeš!"

Und sie schleuderte das Kind nach ihr, während sie sprach

in ko je govorila, je vrgla otroka vanjo

"Ich muss gehen und mich darauf vorbereiten, mit der Königin Krocket zu spielen"

"Moram iti in se pripraviti na igranje kroketa s kraljico"

und sie eilte aus dem Zimmer

in pohitela je iz sobe

Alice fing das Baby mit einiger Mühe auf

Alice je otroka ujela z nekaj težavami

weil es ein sehr seltsam geformtes kleines Wesen war

ker je bilo zelo nenavadno oblikovano majhno bitje

Und das Kind streckte seine Arme und Beine nach allen Richtungen aus

in otrok je iztegnil roke in noge v vse smeri

"Das Kind nehme ich lieber mit!" dachte Alice

"Raje vzamem tega otroka s seboj," je pomislila Alice

"Sie werden dieses Baby sicher in ein oder zwei Tagen töten"

"Zagotovo bodo ubili tega otroka čez dan ali dva"

"Wäre es nicht Mord, dieses Baby zurückzulassen?"

"Ali ne bi bil umor, če bi pustili tega otroka za seboj?"
Sie sprach die letzten Worte laut aus
Zadnje besede je izrekla na glas
Und das kleine Ding grunzte als Antwort
in majhna stvar je v odgovor zamrmljala
**"Du verwandelst dich am besten nicht in ein Schwein,
meine Liebe!" sagte Alice**
"Bolje je, da se ne spremeniš v prašiča, draga moja," je rekla
Alice
"sonst habe ich nichts mehr mit dir zu tun"
"ali pa ne bom imel nič več s tabo"
Alice fing eben an, bei sich selbst zu denken:
Alice je ravno začela razmišljati:
**»Nun, was soll ich mit diesem Geschöpf anfangen, wenn ich
es nach Hause bringe?«**
»Kaj naj storim s tem bitjem, ko ga pripeljem domov?«
Aber dann grunzte das kleine Geschöpf ein wenig heftig
potem pa je majhno bitje malo silovito godrnjalo
und Alice sah ihm erschrocken ins Gesicht
in Alice je pogledala navzdol v njegov obraz v nekem strahu
Diesmal konnte es keinen Irrtum geben
Tokrat pri tem ni moglo biti napake
Es war nicht mehr und nicht weniger als ein Schwein
ni bil nič več ne manj kot prašič
Da setzte sie das kleine Geschöpf ab
Zato je položila malo bitje
und das kleine Geschöpf trabte leise in den Wald hinein
in majhno bitje je tiho odklo v gozd
**Alice war ziemlich erleichtert, als sie die Kreatur
verschwinden sah**
Alice je občutila olajšanje, ko je videla, kako bitje odhaja
Alice erschrak ein wenig, als sie die Cheshire-Katze sah
Alice je bila nekoliko presenečena, ko je videla Cheshire-Cat
Er saß auf einem Ast eines Baumes, ein paar Meter entfernt
sedel je na veji drevesa nekaj metrov stran
Die Katze grinste nur, als sie sie sah
Mačka se je samo nasmehnila, ko jo je zagledala

»Cheshire-Katze,« begann Alice etwas schüchtern

»Cheshire-mačka,« je začela Alice precej sramežljivo

»Würden Sie mir bitte sagen, welchen Weg ich von hier aus einschlagen soll?«

"Ali mi lahko prosim poveste, v katero smer naj grem od tukaj?"

"In diese Richtung", sagte die Katze

"V to smer," je rekel maček

Und er fuchtelte mit der rechten Pfote herum

in zamahnil je z desno šapo

"In dieser Richtung lebt ein Hutmacher"

"V tej smeri živi izdelovalec klobukov"

Und dann winkte die Katze mit der anderen Pfote

In potem je mačka zamahnila z drugo šapo

"Und in dieser Richtung wohnt ein Märzhase"

"In v tej smeri živi marčevski zajček"

»Besuchen Sie, wen Sie wollen; Sie sind beide verrückt"

»Obiščite kateregakoli želite; oba sta nora"

»Aber ich will nicht unter Verrückte gehen«, bemerkte Alice

»Ampak nočem iti med norce,« je pripomnila Alice

"Ach, dafür kannst du nicht helfen!" sagte die Katze

"Oh, ne moreš si pomagati," je rekel Mačka

"Wir sind alle verrückt hier"

"Tukaj smo vsi jezni"

"Spielst du heute Krocket mit der Queen?"

"Ali danes igraš kroket s kraljico?"

"Das würde ich sehr gerne!" sagte Alice

»Zelo bi si želela,« je rekla Alice

"aber ich bin noch nicht eingeladen worden"

"ampak še nisem bil povabljen"

"Du wirst mich dort sehen!" sagte die Katze

»Tam me boš videl,« je rekel Mačka

Und von einem Augenblick auf den anderen verschwand die Katze

in od trenutka do trenutka je mačka izginila

bald kam Alice in Sichtweite des Hauses des Märzhasen

kmalu je Alice zagledala hišo maršičnega zajca

Das war ein sehr großes Haus
To je bila zelo velika hiša
Alice wollte also nicht in die Nähe des Hauses gehen
zato se Alice ni želela približati hiši
**Zuerst musste sie noch etwas von dem linken Stück Pilz
knabbern**
Najprej je morala grizljati še nekaj koščka gobe na levi strani

Eine verrückte Teeparty

nora čajanka

Vor dem Haus stand ein Baum

Pred hišo je bilo drevo

Und unter dem Baum stand ein Tisch

pod drevesom pa je bila miza

und der Tisch war mit allerlei Besteck gedeckt

miza pa je bila postavljena z vsemi vrstami jedilnega pribora

Der Märzhase und der Hutmacher saßen bei Tisch

Marčevski zajček in izdelovalec klobukov sta bila za mizo

und zusammen tranken sie Tee

in skupaj sta pila čaj

Ein Siebenschläfer saß zwischen ihnen

med njima je sedel polh

und der Siebenschläfer schlief fest

in polh je trdno spal

Der Tisch war von außergewöhnlicher Größe

Miza je bila izjemne velikosti

Aber der größte Teil des Tisches war unbesetzt

Toda večina mize je bila nezasedena

Sie saßen dicht gedrängt an einer Ecke des Tisches

sedeli so skupaj v enem kotu mize

und doch entschuldigten sie sich, als sie Alice sahen

pa vendar so se opravičevali, ko so videli Alice

»Kein Platz! Kein Platz!« schrien sie

"Ni prostora! Ni prostora!« so vzkliknili

»Es ist viel Platz!« sagte Alice entrüstet

»Prostora je veliko!« je ogorčeno rekla Alice

An einem Ende des Tisches stand ein großer Sessel

na enem koncu mize je bil velik naslanjač

und Alice setzte sich in den Sessel

in Alice se je usedla v naslanjač

Der Hutmacher riss die Augen weit auf

Izdelovalec klobukov je zelo široko odprl oči

Er konnte nicht glauben, was er da sah

ni mogel verjeti, kaj je videl

aber sein Geist war neugierig auf andere Dinge

64

Toda njegov um je bil radoveden o drugih stvareh
»Warum ist ein Rabe wie ein Schreibtisch?«
»Zakaj je krokar podoben pisalni mizi?«
Alice war offen für die Herausforderung
Alice je bila odprta za izziv
"Ich bin froh, dass sie angefangen haben, Rätsel zu stellen"
"Vesel sem, da so začeli postavljati uganke"
»Ich glaube, das kann ich erraten«, fügte sie laut hinzu
"Verjamem, da lahko to uganem," je dodala na glas
Der Märzhase wurde neugierig auf Alice
Maršični zajček je postal radoveden glede Alice
"Glaubst du wirklich, dass du die Antwort finden kannst?"
"Ali res misliš, da lahko najdeš odgovor?"
»Ich glaube, ich kann die Antwort finden,« sagte Alice
"Mislim, da lahko resnično najdem odgovor," je rekla Alice
»Dann sollst du sagen, was du meinst,« fuhr der Märzhase fort
»Potem bi moral povedati, kaj misliš,« je nadaljeval zajček
»Ich sage, was ich meine,« erwiderte Alice hastig
»Govorim, kar mislim,« je naglo odgovorila Alice
"Zumindest meine ich ernst, was ich sage"
"Vsaj mislim, kar rečem"
"Das ist dasselbe, weißt du"
"To je ista stvar, veste"
Auch der Siebenschläfer trug zu dem Gespräch bei
K pogovoru je prispeval tudi polh
Aber der Siebenschläfer schien im Schlaf zu sprechen
toda zdelo se je, da polh govori v spanju
"Ich atme, wenn ich schlafe"
"Diham, ko spim"
"Ich schlafe, wenn ich atme!"
"Spim, ko diham!"
"Man könnte genauso gut sagen, dass sie auch gleich sind"
"Lahko bi tudi rekli, da so enaki"
"So ist es auch bei dir!" sagte der Hutmacher
»Enako je s tabo,« je rekel izdelovalec klobukov
und er goß ein wenig Tee über die Nase des Siebenschläfers

in polil je malo čaja na nos puha
Das Murmelthier schüttelte ungeduldig den Kopf
Polh je nestrpno zmajal z glavo
Und wieder sprach das Murmelmaus, ohne die Augen zu öffnen
in polh je spet spregovoril, ne da bi odprl oči
"Natürlich, natürlich ist es dasselbe"
"Seveda, seveda je enako"
"Das wollte ich ja auch sagen"
"To je samo tisto, kar sem hotel reči"

Der Hutmacher wandte sich an Alice und stellte eine weitere Frage
Izdelovalec klobukov se je obrnil k Alice in zastavil še eno vprašanje
"Hast du das Rätsel schon erraten?"
"Si že uganil uganko?"
"Nein, ich gebe auf", gab Alice zu
»Ne, obupam,« je priznala Alice
"Was ist die Antwort?", wollte sie wissen
"Kakšen je odgovor?" je želela vedeti
»Ich habe nicht die geringste Ahnung,« sagte der Hutmacher

66

"Nimam niti najmanjšega pojma," je rekel izdelovalec klobukov
"Ich weiß es auch nicht!" sagte der Märzhase
»Niti ne vem,« je rekel maršični zajček
Alice stieß einen müden Seufzer aus
Alice je utrujeno vzdihnila
"Es gibt eine bessere Nutzung der Zeit als Rätsel ohne Antworten"
"Obstajajo boljše uporabe časa kot uganke brez odgovorov"
»Trinken Sie noch etwas Tee,« sagte der Märzhase sehr ernst zu Alice
»Popijte še malo čaja,« je maršični zajček zelo resno rekel Alici
Alice war ziemlich beleidigt über das Angebot
Alice je bila precej užaljena zaradi ponudbe
»Ich habe noch keinen Tee getrunken,« erwiderte Alice
»Čaja še nisem pila,« je odgovorila Alice
"Deshalb kann ich keinen Tee mehr trinken"
"zato ne morem več piti čaja"
»Du meinst, weniger Tee kannst du nicht haben«, sagte der Hutmacher
"Misliš, da ne moreš imeti manj čaja," je rekel izdelovalec klobukov
"Es ist sehr einfach, mehr als nichts zu nehmen"
"Zelo enostavno je vzeti več kot nič"
Bei diesen Worten erhob sich Alice und ging fort
Nato je Alice vstala in odšla
Der Siebenschläfer schlief augenblicklich ein
Polh je takoj zaspal
und keiner der andern nahm die geringste Notiz davon, daß sie ging
in nobeden od drugih ni niti najmanj opazil, da je odšla
obwohl sie ein- oder zweimal zurückblickte
čeprav se je enkrat ali dvakrat ozrla nazaj
Sie versuchten, den Siebenschläfer in die Teekanne zu stecken
Poskušali so polha spraviti v čajnik
"Jedenfalls werde ich nie wieder dorthin gehen!" sagte Alice

»V vsakem primeru nikoli več ne bom šla tja!« je rekla Alice
Und sie ging ihren Weg durch den Wald
in hodila je skozi gozd
"Das war die dümmste Teeparty, auf der ich je war"
"To je bila najbolj neumna čajanka, na kateri sem kdaj bil"
Gerade als sie das sagte, bemerkte sie etwas
Ko je to rekla, je nekaj opazila
Einer der Bäume hatte eine Tür, die direkt hineinführte
Eno od dreves je imelo vrata, ki so vodila naravnost vanj
»Das ist sehr interessant!« dachte sie
"To je zelo zanimivo!" je pomislila
"Ich denke, ich kann genauso gut durch die Tür gehen"
"Mislim, da lahko tudi grem skozi vrata"
Und durch die Tür ging sie
In skozi vrata je šla
Wieder befand sie sich in der langen Halle
Spet se je znašla v dolgi dvorani
Wieder stand sie dicht an dem kleinen Glastisch
spet je bila blizu steklene mize
Sie nahm den kleinen goldenen Schlüssel
Vzela je mali zlati ključ
und sie schloß die Tür auf, die in den Garten führte
in odklenila je vrata, ki so vodila na vrt
Dann machte sie sich daran, an dem Pilz zu knabbern
Nato se je lotila grizljanja gobe
Sie hatte ein Stück des Pilzes in ihrer Tasche aufbewahrt
v žepu je imela kos gobe
Und schließlich war sie etwa einen Meter groß
in končno je bila visoka približno meter
dann ging sie den kleinen Korridor hinunter
Nato je hodila po majhnem hodniku
**Und dann fand sie sich endlich in dem schönen Garten
wieder**
in potem se je končno znašla na čudovitem vrtu
**Und sie war zwischen den hellen Blumen und den kühlen
Springbrunnen**
in bila je med svetlimi cvetovi in hladnimi vodnjaki

Der Krocketplatz der Königinnen
Kraljičino igrišče za kroket
Ein großer Rosenstrauch stand in der Nähe des Eingangs des Gartens
Ob vhodu v vrt je stala velika vrtnica
Die Rosen, die an dem Baum wuchsen, waren weiß
vrtnice, ki so rasle na drevesu, so bile bele
aber es waren drei Gärtner, die die Rose bemalten
vendar so vrtnico slikali trije vrtnarji
Sie waren damit beschäftigt, die Rosen rot zu färben
Vrtnice so marili rdeče
und Alice sah zu, wie sie die Rosen rot färbten
in Alice jih je opazovala, kako rdeče barvajo vrtnice
und plötzlich fielen ihre Augen zufällig auf Alice
in nenadoma so njihove oči padle na Alice
Alice sprach ein wenig schüchtern
Alice je govorila nekoliko sramežljivo
»Würden Sie es mir bitte sagen?«
"Bi mi lahko povedali, prosim?"
"Warum malt ihr alle diese Rosen?"
"Zakaj vsi barvate te vrtnice?"
Fünf und Sieben sagten nichts, sondern sahen zwei an
pet in sedem nista rekla ničesar, ampak sta pogledala dva
zwei Sprecher, mit leiser Stimme
dva sta govorila tiho
»Nun, die Sache ist die, sehen Sie, gnädige Frau.«
»Dejstvo je, vidite, gospa«
"Das hier hätte ein roter Rosenstrauch sein sollen"
"To bi morala biti rdeča vrtnica"
"Und wir haben aus Versehen einen weißen Rosenstrauch hineingesetzt"
»In pomotoma smo vanjo vstavili belo vrtnico«
"Wie Sie mir zustimmen würden, darf die Königin es nicht herausfinden"
"Kot se strinjate, kraljica ne sme izvedeti"
"Sonst würden wir uns allen die Köpfe abschneiden"
"drugače bi nam vsem odrezali glave"

"Sie sehen also, gnädige Frau, wir tun unser Bestes"
"Torej, vidite, gospa, delamo vse, kar je v naši moči"
Karte fünf hatte ängstlich über den Garten geschaut
Kartica pet je nestrpno gledala čez vrt
In diesem Augenblick rief die fünfte Karte: "Die Königin!
Die Königin!"
V tem trenutku je peta karta zaklicala: »Kraljica! Kraljica!«
und die drei Gärtner eilten augenblicklich davon
in trije vrtnarji so takoj odšli
und sie warfen sich flach auf ihre Gesichter
in vrgli so se ravno na obraz
Man hörte das Geräusch vieler Schritte
Slišal se je zvok številnih korakov
Alice sah sich um, begierig darauf, die Königin zu sehen
Alice se je ozrla naokoli, nestrpna, da bi videla kraljico
Am Anfang des Zuges standen zehn Soldaten
Na začetku procesije je bilo deset vojakov
Ihre Hände und Füße waren in den Ecken
njihove roke in noge so bile v kotih
und in ihren Händen und Füßen waren Keulen
v rokah in nogah pa so imeli palice
Als nächstes kamen die zehn Höflinge
Sledilo je deset dvorjanov
die Höflinge waren über und über mit Diamanten
geschmückt
dvorjani so bili povsod okrašeni z diamanti
Nach den Höflingen kamen die königlichen Kinder
Po dvorjanih so prišli kraljevi otroci
Es waren zehn der königlichen Kinder
Kraljevih otrok je bilo deset
und alle königlichen Kinder waren mit Herzen geschmückt
in vsi kraljevi otroci so bili okrašeni s srci
Dann kamen die Gäste; Meist Könige und Königinnen
Sledili so gostje; večinoma kralji in kraljice
und unter den Königen und Königinnen sah Alice jemanden
in med kralji in kraljico je Alice videla nekoga
Sie sah wieder das weiße Kaninchen, das sie gejagt hatte

Spet je zagledala belega zajca, ki ga je lovila
Der Prozession folgte der Spitzbube der Herzen
Procesiji je sledil src
Er trug die Krone des Königs
nosil je kraljevo krono
und die Krone des Königs lag auf einem purpurnen Samtkissen
kraljeva krona pa je bila na škrlatni žametni blazini
Und dann kam das Ende dieser großen Prozession
In potem je prišel konec te velike procesije
Und da waren am Ende der König und die Königin der Herzen
In tam na koncu sta bila kralj in kraljica src.
der Zug kam Alice gegenüber
procesija je prišla nasproti Alice
Und alle blieben stehen und sahen sie an
in vsi so se ustavili in jo pogledali
Und die Königin sprach streng: "Wer ist das?"
in kraljica je strogo rekla: "Kdo je to?"
Sie sagte es zum Herzknaben
To je rekla Srčnemu Knave
aber er verbeugte sich nur und lächelte als Antwort
vendar se je samo priklonil in se nasmehnil v odgovor
Alice sprach sehr höflich
Alice je govorila zelo vljudno
"Mein Name ist Alice, also bitte, Eure Majestät"
"Moje ime je Alice, zato prosim, vaše veličanstvo"
Aber sie hatte andere Gedanken für sich
vendar je imela druge misli zase
"Es ist doch nur ein Kartenspiel!"
"Navsezadnje so samo paket kart!"
»Kannst du Krocket spielen?« rief die Königin
"Znaš igrati kroket?" je zavpila kraljica
Die Frage war offenbar an Alice gerichtet
Vprašanje je bilo očitno namenjeno Alice
"Ja!" sagte Alice laut
»Da!« je glasno rekla Alice

"Komm also spielen!" brüllte die Königin
"Pridite se torej igrati!" je zagrmela kraljica
sprach eine schüchterne Stimme zu Alice
plašen glas je spregovoril z Alice
"Es ist ein sehr schöner Tag!"
"Zelo lep dan je!"
Sie ging an dem weißen Kaninchen vorbei
Hodila je mimo belega zajca
und das weiße Kaninchen guckte ihr ängstlich ins Gesicht
in Beli zajček ji je zaskrbljeno pokukal v obraz
»ein sehr schöner Tag,« bestätigte Alice
»res zelo lep dan,« je potrdila Alice
»Wo ist die Herzogin?«
"Kje je vojvodinja?"
»Still! Still!" sagte das Kaninchen
"Tišina! Tišina!« je rekel Zajček
"Sie ist zum Tode verurteilt"
"Obsojena je na usmrtitev"
»Wofür wird sie hingerichtet?« fragte Alice
"Zakaj jo usmrtijo?" je vprašala Alice
"Sie hat der Königin die Ohren abgewetzt", begann das Kaninchen
»Kraljičini je odrgnila ušesa,« je začel zajček
schrie die Königin mit Donnerstimme
Kraljica je zakričala z gromovitim glasom
"Ran an eure Plätze!"
"Pojdite na svoja mesta!"
Und die Leute rannten in alle Richtungen herum
in ljudje so začeli teči naokoli v vse smeri
Und sie fielen alle aneinander
in vsi so se zrušili drug proti drugemu
Sie hatten sich jedoch in ein oder zwei Minuten beruhigt
Vendar so se umirili v minuti ali dveh
Und dann begann das Spiel
In potem se je začela igra
Alice hatte noch nie einen so merkwürdigen Krocketplatz gesehen

Alice še nikoli ni videla tako nenavadnega igrišča za kroket

Das Gras bestand nur aus Graten und Furchen

trava je bila vsa grebena in brazde

Die Krocketbälle waren echte Igel

Žoge za kroket so bili pravi ježi

und die Schlägel waren echte Flamingos

in kladiva so bili pravi flamingi

und die Soldaten standen auf Händen und Füßen

vojaki so stali na rokah in nogah

weil die Bögen aus ihren Körpern gemacht wurden

ker so bili loki narejeni iz njihovih teles

Die Spieler spielten alle gleichzeitig

Vsi igralci so igrali naenkrat

Niemand wartete, bis er an der Reihe war

nihče ni čakal, da pridejo na vrsto

und jeder stritt sich mit jedem

in vsi so se prepirali z vsemi

und alle kämpften für die Igel

in vsi so se borili za ježe

Bald geriet die Königin in eine wütende Leidenschaft

Kmalu je bila kraljica v besni strasti

Und sie fing an, herumzustampfen und zu schreien

in začela je stopati naokoli in kričati

»Hacken Sie ihm den Kopf ab!«

"Odreži mu glavo!"

"Hack ihr den Kopf ab!"

"Odreži ji glavo!"

"Hackt ihnen alle Köpfe ab!"

"Odrežite jim vse glave!"

Wieder dachte Alice bei sich.

Alice je spet pomislila

"Sie lieben es schrecklich, hier Menschen zu enthaupten"

"Tukaj strašno radi obglavljajo ljudi"

"Das große Wunder ist, dass überhaupt noch jemand am Leben ist!"

"Veliko čudež je, da je kdo ostal živ!"

Sie sah sich nach einem Ausweg um

Iskala je kakšen pobeg
Sie bemerkte eine merkwürdige Erscheinung in der Luft
opazila je nenavaden videz v zraku
»Es ist die Cheshire-Katze,« sagte sie zu sich selbst
»To je Cheshire-mačka,« si je rekla
"Jetzt habe ich jemanden, mit dem ich reden kann"
"Zdaj bom imel nekoga, s katerim se bom lahko pogovarjal"
"Wie geht es dir?" fragte die Katze
»Kako ti gre?« je vprašala mačka
»Ich glaube nicht, daß sie ganz und gar fair spielen«, sagte Alice
"Mislim, da sploh ne igrajo pošteno," je dejala Alice
Und sie hatte einen ziemlich klagenden Ton
in imela je precej pritožujoč ton
"Sie streiten sich alle so fürchterlich"
"Vsi se tako strašno prepirajo"
"Man hört sich selbst nicht sprechen"
"Človek se ne sliši govoriti"
"Und sie scheinen sich nicht an irgendwelche Regeln zu halten"
"In zdi se, da ne igrajo po nobenih pravilih"
die Katze stellte Alice mit leiser Stimme eine Frage
mačka je Alice postavila vprašanje s tihim glasom
"Wie gefällt dir die Königin?"
"Kako ti je všeč kraljica?"
»Ich mag sie gar nicht,« sagte Alice
»Sploh mi ni všeč,« je rekla Alice

Alice dachte, sie könnte genauso gut zurückgehen
Alice je mislila, da bi se lahko vrnila
Sie wollte sehen, wie das Spiel läuft
želela je videti, kako poteka igra
Sie machte sich auf die Suche nach ihrem Igel
odšla je iskat svojega ježa
Der Igel war damit beschäftigt, gegen einen anderen Igel zu kämpfen
Jež je bil zaposlen z bojem z drugim ježem
Das war eine ausgezeichnete Gelegenheit
To je bila odlična priložnost
Sie konnte einen Igel mit dem anderen krocketen
z drugim je lahko kroketirala enega ježa
Aber ihr Flamingo war auf der anderen Seite des Gartens
toda njen flamingo je bil na drugi strani vrta
Der Flamingo war ziemlich tollpatschig
Flamingo je bil precej neroden
Ihr Flamingo versuchte, gegen einen Baum zu fliegen
njen flamingo je poskušal leteti v drevo

Sie packte den Flamingo am Bein
Flaminga je ujela za nogo
Und sie schob sich den Flamingo unter den Arm
in flaminga je skrčila pod roko
So konnte der Flamingo nicht mehr entkommen
Tako flamingo ni mogel več pobegniti
In diesem Augenblick traf Alice zufällig die Herzogin
Ravno takrat je Alice slučajno srečala vojvodinjo
Die Herzogin war nun aus dem Gefängnis entlassen worden
Vojvodinja je bila zdaj iz zapora
Sie schob ihren Arm liebevoll unter Alices Arm
Ljubeče je potisnila roko pod Alicino roko
Und dann gingen sie zusammen fort
in potem sta skupaj odšla
Alice war sehr froh, sie in so angenehmer Laune zu finden
Alice je bila zelo vesela, da jo je našla v tako prijetni naravi
Sie erschrak jedoch ein wenig
Vendar je bila nekoliko presenečena
Sie hörte die Stimme der Herzogin dicht an ihrem Ohr
Slišala je glas vojvodinje blizu ušesa
"Du denkst über etwas nach, meine Liebe"
"Razmišljaš o nečem, draga moja"
"Und das lässt dich das Reden vergessen"
"In zaradi tega pozabite govoriti"
»Das Spiel geht jetzt etwas besser«, sagte Alice
"Igra se zdaj odvija precej bolje," je dejala Alice
Es war eine Möglichkeit, das Gespräch am Laufen zu halten
to je bil eden od načinov za nadaljevanje pogovora
»So ist es,« sagte die Herzogin
»Res je,« je rekla vojvodinja
"Und die Moral davon ist folgende."
"In nauk tega je naslednji:"
"Es ist die Liebe, die alles macht!"
"Ljubezen je tista, ki naredi vse!"
"Liebe ist das, was die Welt bewegt"
"Ljubezen je tisto, kar poganja svet"
Alice hatte eine andere Erklärung

Alice je imela drugo razlago
**"Das macht jeder, der sich um seine eigenen
Angelegenheiten kümmert!"**
"To počne vsakdo, ki gleda svoje posle!"
»Ah, gut! Du könntest Recht haben"
»Ah, no! Lahko imaš prav"
»Es bedeutet alles ziemlich dasselbe,« sagte die Herzogin
»Vse to pomeni skoraj isto,« je rekla vojvodinja
und sie grub ihr spitzes kleines Kinn in Alices Schulter
in zakopala je svojo ostro brado v Alicino ramo
"Und die Moral davon ist folgende"
"In nauk tega je to"
"Kümmere dich um die Sinne"
"Poskrbite za smisel"
"Und dann erledigen sich die Klänge von selbst"
"In potem bodo zvoki poskrbeli sami zase"
Aber dann fing der Arm der Herzogin an zu zittern
potem pa se je vojvodinjina roka začela tresti
Alice blickte auf und da stand die Königin
Alice je pogledala navzgor in tam je stala kraljica
Die Königin hatte die Arme verschränkt
Kraljica je imela prekrižane roke
Und sie runzelte die Stirn wie ein Gewitter!
In namrščila se je kot nevihta!
»Ich warne dich!« schrie die Königin
"Pošteno vas opozarjam," je zavpila kraljica
Und sie stampfte auf den Boden, während sie sprach
in ko je govorila, je stopila po tleh
"Entweder dein Kopf oder ihr Kopf muss ausgeschaltet sein"
"Ali mora biti tvoja glava ali njena glava odstranjena"
"Treffen Sie Ihre Wahl!"
"Izberite!"
"Und beeilen Sie sich"
"In bodite hitri pri tem"
Die Herzogin traf ihre Wahl
Vojvodinja se je odločila
und in einem Augenblick war die Herzogin verschwunden

in v trenutku vojvodinje ni več
Da sprach die Königin zu Alice
Nato je kraljica spregovorila z Alico
"Weiter geht's mit dem Spiel"
"Nadaljujmo z igro"
Alice war zu erschrocken, um ein Wort zu sagen
Alice je bila preveč prestrašena, da bi rekla besedo
und langsam folgte sie ihrem Rücken zum Krocketplatz
in počasi ji je sledila nazaj do igrišča za kroket
Die ganze Zeit stritt sich die Dame mit den anderen Spielern
Ves čas se je kraljica prepirala z drugimi igralci
»Hacken Sie ihm den Kopf ab!«
"Odreži mu glavo!"
"Hack ihr den Kopf ab!"
"Odreži ji glavo!"
"Hackt ihnen alle Köpfe ab!"
"Odrežite jim vse glave!"
Bald waren alle Spieler in Gewahrsam
Kmalu so bili vsi igralci v priporu
nur der König, die Königin und Alice blieben zurück
ostali so samo kralj, kraljica in Alice
Da ging die Königin, ganz außer Atem
Nato je kraljica odšla, povsem zadihana
und sie ging mit Alice fort
in odšla je z Alice
Alice hörte, wie der König leise etwas sagte
Alice je slišala, kako je kralj tiho rekel nekaj
"Ihr seid alle begnadigt"
"Vsi ste oproščeni"
aber plötzlich hörte man einen neuen Schrei
toda nenadoma se je zaslišal še en krik
"Der Prozess beginnt!"
"Sojenje se začenja!"
und Alice lief mit den andern
in Alice je tekla skupaj z ostalimi

Wer hat die Torten gestohlen?
Kdo je ukradel torte?
Der Herzkönig und die Herzkönigin saßen
Kralj in kraljica src sta sedela
sie saßen auf ihrem Thron, als Alice ankam
bili so na prestolu, ko je prišla Alice
Eine große Menschenmenge war um sie herum versammelt
okoli njih se je zbrala velika množica
Es gab allerlei kleine Vögel und Bestien
Tam so bile vse vrste majhnih ptic in zveri
Und da war das ganze Kartenspiel
In tam je bil celoten paket kart
Der Spitzbube stand in Ketten vor ihnen
Ždreb je stal pred njimi, v verigah
und auf jeder Seite war ein Soldat, der ihn bewachte
in na vsaki strani je bil vojak, ki ga je varoval
in der Nähe des Königs war das weiße Kaninchen
blizu kralja je bil beli zajec
Er hatte eine Trompete in der einen Hand
v eni roki je imel trobento
Und in der andern Hand hielt er eine Pergamentrolle
v drugi roki pa je imel zvitek pergamenta
In der Mitte des Platzes stand ein Tisch
Na sredini dvorišča je bila miza
Auf dem Tisch stand eine große Schüssel mit Torten
Na mizi je bila velika posoda s tortami
**"Ich wünschte, sie würden den Prozess zu Ende bringen",
dachte Alice**
"Želim si, da bi opravili sojenje," je pomislila Alice
"Dann könnten wir etwas von diesen Erfrischungen essen!"
"Potem bi lahko pojedli nekaj teh osvežilnih pijač!"

Der Richter war übrigens der König
Mimogrede, sodnik je bil kralj
und er trug seine Krone über seiner großen Perücke
in nosil je svojo krono čez svojo veliko lasuljo
»Das ist die Loge der Geschworenen!« dachte Alice
»To je porotniška loža,« je pomislila Alice
"Und diese zwölf Geschöpfe, ich nehme an, sie sind die Geschworenen"
"In tistih dvanajst bitij, mislim, da so porotniki"
einige waren Tiere, andere waren Vögel
nekatere so bile živali, nekatere pa ptice
In diesem Augenblick schrie das weiße Kaninchen auf
Ravno takrat je zakričal beli zajec
"Schweigen im Gericht!"
"Tišina na sodišču!"
»Herold, lesen Sie die Anklage!« sagte der König
»Herald, preberi obtožbo!« je rekel kralj

Das weiße Kaninchen blies drei Stöße auf die Trompete
Beli zajec je trikrat zapihnil na trobento
dann entrollte er die Pergamentrolle
Nato je odvil pergamentni zvitek
Und er las folgendes:
in prebral je naslednje:
"Die Königin der Herzen, sie hat ein paar Torten gebacken."
"Kraljica src, naredila je nekaj torte,"
"All das tat sie an einem Sommertag"
"Vse to je naredila na poletni dan"
"Der Schurke der Herzen, er hat diese Torten gestohlen"
"Src je ukradel tiste torte"
"Und er hat diese Torten weit weg gebracht!"
"In tiste torte je vzel daleč!"
»Rufen Sie den ersten Zeugen,« sagte der König
»Pokličite prvo pričo,« je rekel kralj
und das weiße Kaninchen blies drei Stöße auf die Trompete
in beli zajček je trikrat zapihnil na trobento
»Bringt den ersten Zeugen!« rief er
»Pripeljite prvo pričo!« je zaklical
Der erste Zeuge war der Hutmacher
Prva priča je bil izdelovalec klobukov
Er kam mit einer Teetasse in der einen Hand herein
prišel je s skodelico čaja v eni roki
Und in der anderen Hand hatte er ein Stück Brot und Butter
v drugi roki pa je imel kos kruha in masla
»Du hättest fertig sein sollen,« sagte der König
»Moral bi končati,« je rekel kralj
"Wann hast du angefangen?"
"Kdaj ste začeli?"
Der Hutmacher schaute sich den Märzhasen an
Izdelovalec klobukov je pogledal maršičnega zajca
Der Märzhase war ihm in den Hof gefolgt
Marčevski zajček mu je sledil na dvorišče
Er war Arm in Arm mit dem Siebenschläfer gegangen
hodil je z roko v roki s polhom
»Ich glaube, es war der vierzehnte März«, sagte er

"Mislim, da je bilo štirinajstega marca," je dejal
»Geben Sie Ihre Aussage,« sagte der König
»Podajte svoje dokaze,« je rekel kralj
"Und sei nicht nervös, sonst lasse ich dich auf der Stelle hinrichten"
"in ne bodi nervozen, ali te bom usmrtil na kraju samem"
Das schien den Zeugen überhaupt nicht zu ermutigen
Zdi se, da to priče sploh ni spodbudilo
Er rutschte immer wieder von einem Fuß auf den anderen
Nenehno se je premikal z ene noge na drugo
und er sah die Königin unruhig an
in nelagodno je pogledal kraljico
und in seiner Verwirrung biß er ein großes Stück aus seiner Teetasse
in v svoji zmedenosti je ugriznil velik kos iz skodelice čaja
Eigentlich wollte er von seinem Brot und seiner Butter beißen
v resnici je nameraval ugrizniti svoj kruh in maslo
In diesem Augenblick fühlte Alice eine sehr merkwürdige Empfindung
Ravno v tem trenutku je Alice začutila zelo nenavaden občutek
Sie fing an, wieder größer zu werden
spet je začela rasti
Der unglückliche Hutmacher ließ seine Teetasse fallen
Nesrečni izdelovalec klobukov je spustil skodelico čaja
und das Brot und die Butter fielen zu Boden
in kruh in maslo sta padla na tla
und er fiel auf die Knie
in pokleknil je na eno koleno
»Ich bin ein armer Mann, Eure Majestät,« begann er
»Ubog sem človek, vaše veličanstvo,« je začel
»Du bist ein sehr schlechter Redner,« sagte der König
"Zelo slab govornik si," je rekel kralj
»Du darfst gehen,« sagte der König
»Lahko greš,« je rekel kralj
und der Hutmacher verließ eilig den Hof

in izdelovalec klobukov je naglo zapustil dvorišče
»Rufen Sie den nächsten Zeugen her!« sagte der König
»Pokličite naslednjo pričo!« je rekel kralj
Der nächste Zeuge war die Köchin der Herzogin
Naslednja priča je bila vojvodinjina kuharica
Sie trug die Pfefferdose in der Hand
V roki je nosila škatlo s poprom
Und die Leute in der Nähe der Tür fingen auf einmal an zu niesen
in ljudje blizu vrat so začeli kihati naenkrat
»Geben Sie Ihre Aussage,« sagte der König
»Podajte svoje dokaze,« je rekel kralj
»Ich will nichts beweisen,« sagte die Köchin
»Ne bom pričal,« je rekel kuhar
Der König sah das weiße Kaninchen ängstlich an
Kralj je zaskrbljeno pogledal belega zajca
Und das weiße Kaninchen sprach mit leiser Stimme
in beli zajček je govoril s tihim glasom
"Eure Majestät müssen diesen Zeugen ins Kreuzverhör nehmen"
"Vaše veličanstvo mora navzkrižno zaslišati to pričo"
»Nun, wenn ich muß, so muß ich,« sagte der König
"No, če moram, moram," je rekel kralj
"Woraus bestehen Torten?"
"Iz česa so narejene torte?"
»Torten werden meistens aus Pfeffer gemacht«, sagte die Köchin
"Torte so večinoma narejene iz popra," je dejal kuhar
Einige Minuten lang war der ganze Hof in Verwirrung
Nekaj minut je bilo celotno sodišče zmedeno
Schließlich ließen sie sich alle wieder nieder
sčasoma so se vsi spet umirili
Aber da war die Köchin schon verschwunden
toda do takrat je kuhar izginil
»Macht nichts!« sagte der König
»Ni pomembno!« je rekel kralj
"Rufen Sie den nächsten Zeugen in den Zeugenstand"

»Pokličite naslednjo pričo«
**Alice beobachtete das weiße Kaninchen, wie es an der Liste
herumfummelte**
Alice je opazovala belega zajca, ko je brskal po seznamu
**Sie können sich vorstellen, wie überrascht sie war, als sie
das hörte, was sie als nächstes hörte**
Lahko si predstavljate njeno presenečenje nad tem, kar je
slišala naslednje
**Mit lauter schriller kleiner Stimme rief er den Namen
»Alice!«**
na vrh svojega prodornega glasu je klical ime "Alice!"

Alices Beweise
Alicini dokazi

»Hier!« rief Alice
»Tukaj!« je vzkliknila Alice
Sie sprang in großer Eile auf
Skočila je v veliki naglici
und sie kippte die Geschworenenloge um
in prevrnila je porotniško ložo
und sie warf alle Geschworenen um
in prevrnila je vse porotnike
und sie fielen auf die Köpfe der Menge unten
in padli so na glave množice spodaj
Alice war in großer Bestürzung
Alice je bila zelo osupla
»Oh, ich bitte um Verzeihung!« rief sie aus
»Oh, oprostite!« je vzkliknila
»Der Prozeß kann nicht fortgesetzt werden,« sagte der König
»Sojenje se ne more nadaljevati,« je rekel kralj
"Die Geschworenen müssen wieder an ihre angestammten Plätze zurückkehren"
"Porotniki se morajo vrniti na svoja mesta"
Er wiederholte den Befehl mit großem Nachdruck
Ukaz je ponovil z velikim poudarkom
und er sah Alice streng an
in strogo je pogledal Alice
"Was weißt du über diese Ereignisse?" fragte der König Alice
»Kaj veš o teh dogodkih?« je kralj vprašal Alico
»Ich weiß nichts von der Sache,« sagte Alice
»O tej temi ne vem ničesar,« je rekla Alice
Dann las der König aus seinem Buch vor
Kralj je nato prebral iz svoje knjige
"Regel zweiundvierzig"
"Pravilo štirideset dva"
"Alle Personen, die mehr als eine Meile hoch sind, sollen das Gericht verlassen"
"Vse osebe, ki so višje od milje, morajo zapustiti sodišče"

»Ich bin keine Meile hoch,« sagte Alice
"Nisem visoka niti kilometer," je rekla Alice
»Fast zwei Meilen hoch,« sagte die Königin
»Skoraj dve milji visoko,« je rekla kraljica

»Nun, ich weigere mich zu gehen,« sagte Alice
»No, nočem iti,« je rekla Alice
Der König erbleichte
Kralj je zbledel
und er schloß hastig sein Notizbuch
in na hitro je zaprl beležnico
»Überlegen Sie sich Ihr Urteil«, sagte er zu den
Geschworenen
"Razmislite o svoji razsodbi," je rekel poroti
Er sprach mit leiser, zitternder Stimme
Govoril je s tihim, drhtečim glasom

Da sprach das weiße Kaninchen
Potem je spregovoril beli zajček
"Es werden noch mehr Beweise kommen"
"Še vedno prihaja več dokazov"
und er sprang in großer Eile auf
in v veliki naglici je skočil
"Dieses Papier wurde gerade abgeholt"
"Ta papir je bil pravkar sprejet"
"Es scheint ein Brief des Gefangenen zu sein"
"Zdi se, da je to pismo, ki ga je napisal zapornik"
Er faltete das Papier auseinander, während er sprach
Medtem ko je govoril, je razgrnil papir
"Es ist doch kein Brief"
"Navsezadnje to ni pismo"
"Was es war, war eine Reihe von Versen"
»Kar je bilo, je bil niz verzov«
»Bitte, Eure Majestät,« sagte der Spitzbube
»Prosim, vaše veličanstvo,« je rekel knev
"Ich habe diese Verse nicht geschrieben"
"Nisem napisal teh verzov"
"und sie können nicht beweisen, dass ich etwas geschrieben habe"
"in ne morejo dokazati, da sem kaj napisal"
"Am Ende ist kein Name unterschrieben"
"Na koncu ni podpisanega imena"
Der König sprach mit dem Spitzbuben
Kralj je govoril s kneževom
"Du musst vorgehabt haben, Unheil anzurichten"
"Verjetno ste želeli narediti kakšno hudodelstvo"
"Sonst hättest du wie ein ehrlicher Mann unterschrieben"
"drugače bi se podpisal kot pošten človek"
Es gab ein allgemeines Händeklatschen
Slišalo se je splošno ploskanje z rokami
Und der König wandte sich an das weiße Kaninchen
in kralj se je obrnil k belemu zajcu
»Lest die Verse!« befahl er.
»Preberite verze,« je ukazal

Es herrschte Totenstille im Gerichtssaal
Na dvorišču je bila mrtva tišina
und das weiße Kaninchen las die Verse vor
in beli zajec je prebral verzi
Sie sagten mir, du wärst bei ihr gewesen
Povedali so mi, da si bil pri njej
Und sie erwähnten mich ihm gegenüber
In omenili so me mu
Sie gab mir einen guten Charakter
Dala mi je dober značaj
Aber sie sagte, ich könne nicht schwimmen
Toda rekla je, da ne znam plavati
Er ließ ihnen wissen, dass ich nicht gegangen sei
Poslal jim je sporočilo, da nisem šel
Wir wissen, dass es wahr ist
Vemo, da je res
Wenn sie die Sache vorantreiben sollte, was würde aus dir werden?
Če bi vztrajala naprej, kaj bi se zgodilo z vami?
Ich gab ihr einen, sie gaben ihm zwei
Jaz sem ji dal eno, oni so mu dali dva
Du hast uns drei oder mehr gegeben
Dali ste nam tri ali več
Sie sind alle von ihm zu dir zurückgekehrt
Vsi so se vrnili od njega k tebi
obwohl sie vorher meine waren
čeprav so bili prej moji
Wenn ich oder sie die Chance haben sollte,
Če bi jaz ali ona imela priložnost, da bi bila
Wenn ich oder sie in diese Affäre verwickelt wäre
Če bi bil jaz ali ona vpleten v to afero
Er vertraut auf dich, dass du sie befreien wirst
Zaupa vam, da jih boste osvobodili
Genau so wie wir waren
Natanko takšni, kot smo bili
Ich hatte den Eindruck, dass Sie
Moja predstava je bila, da ste bili

Bevor sie diesen Anfall hatte

Preden je imela ta napad

Ein Hindernis, das dazwischen kam

Ovira, ki je prišla med

Er und wir und es

On in mi in to

Lass ihn nicht wissen, dass sie ihr am besten gefallen haben

Ne dajte mu vedeti, da so ji najbolj všeč

Denn dies muss für immer ein Geheimnis bleiben, das vor allen anderen verborgen bleibt

Kajti to mora biti za vedno skrivnost, skrita pred vsemi ostalimi

Dieses Geheimnis muss ein Geheimnis zwischen dir und mir bleiben

Ta skrivnost mora ostati skrivnost med vami in mano

Der König war sehr beeindruckt

Kralj je bil zelo navdušen

"Das ist das wichtigste Beweisstück, das wir bisher gehört haben"

"To je najpomembnejši dokaz, ki smo ga slišali doslej"

»Ich glaube nicht, daß diese Verse auch nur ein Atom Bedeutung haben,« wandte Alice ein

"Ne verjamem, da ti verzi nosijo atom pomena," je ugovarjala Alice

der König hatte seine eigene Meinung zu dieser Angelegenheit

kralj je imel svoje mnenje o zadevi

"Wenn diese Worte keinen Sinn haben, erspart das eine Menge Ärger"

"Če v teh besedah ni pomena, to reši svet težav"

"Dann brauchen wir nicht zu versuchen, den Sinn zu finden"

"Potem nam ni treba poskušati najti pomena"

"Lassen Sie die Geschworenen über ihr Urteil nachdenken"

"Naj porota razmisli o svoji razsodbi"

»Nein, nein!« sagte die Königin

»Ne, ne!« je rekla kraljica

"Erst die Verurteilung, dann das Urteil"
"Najprej obsodba, nato sodba"
"Zeug und Unsinn!" sagte Alice laut
"Stvari in neumnosti!" je glasno rekla Alice
"Wie dumm ist es, den Angeklagten zuerst zu verurteilen!"
"Kako neumno je najprej obsoditi obtoženca!"

»Schweige!« sagte die Königin und färbte sich violett an
»Drži jezik za zubi!« je rekla kraljica in postala vijolična
"Ich werde nicht den Mund halten!" sagte Alice
»Ne bom zadrževala jezika!« je rekla Alice
schrie die Königin aus voller Kehle
Kraljica je zakričala na ves glas
"Hack ihr den Kopf ab!"
"Odreži ji glavo!"
Niemand machte eine Bewegung

Nihče ni naredil gibanja

"Wen kümmert es, was du sagst?" sagte Alice

»Koga briga, kaj praviš?« je vprašala Alice

**Zu diesem Zeitpunkt war sie bereits zu ihrer vollen Größe
herangewachsen**

do takrat je zrasla do svoje polne velikosti

"Du bist nichts als ein Kartenspiel!"

"Nisi nič drugega kot paket kart!"

Bei diesen Worten hoben sich alle Karten in die Luft

Ob tem so se vse karte dvignile v zrak

und alle Karten flogen auf sie herab

in vse karte so letele nanjo

Sie stieß einen kleinen Schrei aus

Malo je zakričala

Sie war halb erschrocken, aber auch wütend

bila je napol prestrašena, a tudi jezna

Und sie versuchte, sich gegen die Karten zu wehren

in poskušala se je boriti proti kartam

Und dann fand sie sich auf der Grasbank liegend

in potem se je znašla ležati na travnatem bregu

Ihr Kopf lag im Schoß ihrer Schwester

njena glava je bila v naročju njene sestre

**Einige abgestorbene Blätter waren auf ihrem Gesicht
gelandet**

nekaj mrtvih listov je pristalo na njenem obrazu

und ihre Schwester wischte vorsichtig die Blätter weg

in njena sestra je nežno odstranila listje

»Wach auf, liebe Alice!« sagte die Schwester

»Zbudi se, draga Alice!« je rekla sestra

"Was für einen langen Schlaf hast du gehabt!"

"Kako dolgo si spal!"

**"Oh, ich habe so einen merkwürdigen Traum gehabt!" sagte
Alice**

»Oh, imela sem tako nenavadne sanje!« je rekla Alice

**Und sie erzählte ihrer Schwester alles, woran sie sich
erinnern konnte**

In sestri je povedala vse, česar se je spomnila

all die seltsamen Abenteuer, von denen Sie gerade gelesen haben

Vse čudne dogodivščine, o katerih ste pravkar brali

Alice stand auf und rannte davon

Alice je vstala in pobegnila

Und während sie lief, dachte sie an ihren Traum

in medtem ko je tekla, je razmišljala o svojih sanjah

"Was für ein wunderbarer Traum das gewesen war!"

»Kako čudovite sanje so bile!«